「仲間達の背を、
未来へと押し出すために」
「燃やし
「もはや迷いはない」
「己が全てを」
グ
て過去世界でアード達と敵対した、別世界線を生きるアード。邪神を相手に苦戦するアードを救うべく参戦した
アード
《魔王》ヴァルヴァトスが3000年後の世界へと転生した姿。仲間達と共に、最凶の邪神・メフィストへと立ち向かう
The Greatest Maou Is Reborned To Get Friends
史上最強の大魔王、村人Aに転生する
10 大魔王降臨

「……お前もいい加減、自分への憎悪を捨てやがれ」

リディア
古の時代に《魔王》と肩を並べて戦った、伝説の《勇者》。謎に満ちた空間で、アード(?)と再会を果たしたようだが……
「リディア。結婚してくれ」

「行くわよ、アード」
「ええ。参りましょう、イリーナさん」
イリーナ
アードの幼馴染みにして、オンリーワン&ナンバーワンのベストフレンド。これまでに幾度となくアードを支え、共に戦ってきた

史上最強の大魔王、村人Aに転生する

10. 大魔王降臨

下等妙人

ファンタジア文庫

3199

口絵・本文イラスト　水野早桜

CONTENTS

The Greatest Maou Is Reborned To Get Friends 10

Presented by Myojin Katou
and Sao Mizuno

閑話　真なる神と、《邪神》の諦観

――時は、僅かに遡る。

アルヴァート・エグゼクス、並びにライザー・ベルフェニックス。

結託した元・四天王、二人の手によって引き起こされた世界改変。

その渦中《かちゅう》にて、アード・メテオール達が足掻《あが》く中。

《邪神》・メフィスト＝ユー＝フェゴールは独り、彼等《かれら》の動向を観察し続けていた。

かつて地上世界を気ままに闊歩《かっぽ》し、世に混沌《こんとん》をもたらしてきた怪物は今、古代における最終決戦での敗北を経て、ある山脈へと閉じ込められていた。

そこは《魔王》の手による永劫《えいごう》の牢獄《ろうごく》であり、メフィストは果てなき苦痛を味わい続け、いずれその精神を崩壊させる……はずだったのだが。

「ライザー君も詰めが甘いなぁ～。魔力を封じたから終わりだなんて、ちょっとハニーのことを侮《あなど》ってるよねぇ～」

石室に封じられたメフィストの顔に、苦悶《くもん》など微塵《みじん》もない。

おぞましき牢獄であるはずの空間はしかし、彼の手によってリフォームされ、住みよい空間へと変わり果てていた。

彼に苦痛を与え続けるため、ヴァルヴァトスが施した魔法の数々もまた、「なんか鬱陶しい」という軽い気持ちでことごとくが解除され……

「アハハハハハ！　シルフィーちゃんの大立ち回りは最高だなぁ！　下手なコメディーよりもずっと笑える！　アハハハハハハハハハ！」

ソファの上に寝転がり、菓子など咀嚼《そしゃく》しながら、遠望の魔法によって召喚された大鏡を見て笑う。その様はまるで、演劇鑑賞などの娯楽に興ずる中年女性のようだった。

「今回の一件も見応えあるねぇ。……ただ、満点をあげるにはまだ足りてないかな」

メフィストは思う。自分だったらもっと面白く出来るのに、と。

「はぁ。外に出て遊びたいなぁ」

叶《かな》わぬ夢を抱き、嘆息するメフィスト。

自身の拘束と嫌がらせを目的とした拷問魔法に関しては、容易に対処出来た。しかし最後の砦《とりで》である封印の魔法だけは未《いま》だ、解除するための糸口すら掴《つか》めてない。

「いやぁ、本当、失敗したなぁ。こんなことなら保険を掛けておくべきだった」
言葉に反して、メフィストの声音は明るかった。
なぜなら彼は、自分のことを信じているからだ。
確かに、ここから出ることは不可能。それは叶わぬ夢。
しかし。自分を信じ、努力を積み重ねたなら、いつか必ず。
と、そのような楽観的思考に対し、次の瞬間——

「君の、望みは……間接的に、叶う……」

なんの前触れもなく、室内に第三者の声が響いた。
それを耳にすると同時に、メフィストは片目を眇《すが》めて一言。

「想定外、極まりないな」

彼の声音には動揺の色があった。
メフィストは大鏡から視線を外し、闖入《ちんにゅう》者の姿を目にする。
白い衣服に身を包んだ、青い髪の少年。
彼はメフィストの発言を無視して、淡々と言葉を紡《つむ》いでいく。

「近い、将来……ライザー・ベルフェニックスが、ここへ来る……君を、切り札として、利用するために……」

「ふぅん。君がそう言うのなら、きっとその通りになるのだろうね」

このメフィストという男を知る者からすれば、今、彼が見せている姿は意外な様相として映るだろう。

「それで……僕に、なんの用かな？」

緊張している。この《邪神》が、明らかに、緊張している。

当人からしてみれば、無理からぬことだった。

何せ相対しているのは本物の神であり……かつて自分を、孤独に陥《おとしい》れた存在なのだから。

「まさかまさか、僕に先々の情報を伝えに来たってだけじゃあないんだろ？」

相手方を睨《にら》むように目を細め、問い尋ねる。

これに対し白服の少年はひどく無機質な調子で受け応えた。

「ぼく達にとって……君は、特別な、人物……定められた結末を、唯一、変えた存在……そう、だからこそ……君に、選択権を、与えることに、した……」

「選択権？」

小さく頷《うなず》いてから、少年は次の言葉を発した。

「先程述べた通り……近いうちに、ライザー・ベルフェニックスが……ここへ、やって来る……君は間接的に、自由の身となり……その後、紆余曲折《うよきょくせつ》あって……今回の一件は、終わりを、迎える……………物語は、そこまでだ」

少年の言葉がいかなる意味を持つのか。

それを把握したメフィストは、唖然《あぜん》とした顔で、絶句する。

一言も発しない彼に反し、白服の少年はさらなる言葉を紡いでいった。

「この一件、以降……ぼく達は、この世界を、観測しない……因果を、紡がない……新たな人物を、登場させることは、ない……」

メフィストはしばし無言のまま、相手方を睨むのみだったが。

「……皮肉なもんだね。他人に二者択一を迫ってきた僕が、最後の最後、より上位の存在に同じことをされて、苦しむだなんて。これぞまさに因果応報ってやつか」

微笑が口元に戻ってくる。

だがそれは、普段の超然としたものではない。

諦観に満ちたその表情は、どうしようもない現実に打ちのめされた、弱者のそれだった。

「ぼく達に、結末を一任するか……あるいは、君自身が、決着を付けるのか……行動で以《もっ》て、答えてほしい……」

どうやら彼は、目的を果たし終えたらしい。口を閉じた途端、その姿を消失させた。

再び独りとなったメフィストは拳を握り締め、天井を見上げながら、

「元居た世界の、彼だったなら。あるいはハニー、君だったなら。諦めるだなんて選択は、決してしないのだろうね。……でも、僕は」

瞼《まぶた》を閉じて、思い返す。

とある世界の結末を。

己が生まれ育った、故郷の末期を。

「永遠に続くような遊びはない。玩具《おもちゃ》はいずれ、親に取り上げられて。嫌なことに向き合う瞬間が、必ずやって来る。それがまさに、今だ」

そしてメフィストは、結論へと至った。

「――ハニー。せめて僕は、君を」

第一二話　元・《魔王》様と学者神の交錯

――たとえばこの世界に、絶対的な強者が居たとする。
――彼は森羅万象を超越し、他の存在全てを意のままに出来る。
――肉体は当然のこと、その心さえも。
――で、あるならば。
――そんな強者と弱者の間に友愛など生まれるのだろうか？
――芽生えた絆《きずな》は、果たして本物と言えるのだろうか？
此度《こたび》の一件は、そうした問いかけと共に開幕したものだ。
メフィスト＝ユー＝フェゴール。
我が永遠の宿敵にして天敵。最強にして最悪の《邪神》。
奴《やつ》は自らの問いを具現化し、この俺へとぶつけてきた。

メフィストの手によって我が友のことごとくが敵へと変わり……俺は、心を折った。
奴の言葉に屈して、敗北を受け入れる寸前まで、追い込まれた。
しかしその寸前、僅かな光明を見出《みいだ》したことで状況が好転する。
『以前、君はボクに言ったよね。私の友人を侮辱するな、と』
『その言葉をそっくり返してやるよ』
『他人が何を言おうと、何をしようと、自分の中に在る友情は本物だろうが』
『そんなこともわかんねぇのかよ、この大馬鹿野郎』
狂龍王《きょうりゅうおう》・エルザード。
かつて敵対し、命を奪い合った存在が、この身を窮地から救い出してくれた。
彼女だけではない。
『これも、お前にとっては計算通りというわけか。アード・メテオール』
アルヴァート・エグゼクス。
精強を極めた《魔王》軍の中に在りて、最強無比を誇った男。
メフィストによる人格改変を免《まぬが》れた二人を仲間に加え、俺は奴の打倒と皆の奪還を心に
誓った。その過程にて、我々は操り人形にされたオリヴィアを救い出し……
あの悪魔《メフィスト》に証明してみせたのだ。俺達の絆は本物であると。

どれほど改変しようとも、魂に刻まれし友愛は、決して壊れることはないのだと。

そして――

今まさに、俺は二度目の証《あかし》を立ててみせた。

「う、あ……アード、君……？」

ジニー・フィン・ド・サルヴァン。

彼女もまたメフィストに人格を改変され、刺客として我々のもとへ送り込まれたが、しかし奴の思惑通りにはならなかった。

俺の言葉と想《おも》いに魂が呼応したのだろう。平野の只中《ただなか》にて、彼女は正気を取り戻した。

「わ、私……アード君に、なんてことを……！」

自らの過《あやま》ちに大きな罪悪感を抱いたか、ジニーの瞳に涙が浮かぶ。

俺はそんな彼女の肩に手を置いて、微笑《ほほえ》みかけながら、言った。

「全ては敵方の奸計《かんけい》によるもの。己を責めてはなりませんよ、ジニーさん」

「ア、アード君……！」

友の泣き顔など見たくはない。それが敵の手によるものなら、なおさら。

そうした意図が伝わったのだろう。ジニーは零《こぼ》れかけた涙を拭い、頷きを返してくれた。

「……一段落、か」

腕を組みながら、オリヴィアが呟《つぶや》く。表面的にはいつもの仏頂面《ぶっちょうづら》だが、その内側には強い安堵《あんど》の思いがあるのだろう。獣人特有の尻尾が穏やかに揺れ動いていた。

「オリヴィア様にも、ご迷惑を……！」

慌てて謝罪するジニーにオリヴィアは小さく首を横に振るのみだったが……

「ジニーくぅ〜ん？　ボクへの謝罪はまだかなぁ？」

彼女の隣で、エルザードが睨みを利《き》かせながら、言葉を重ねていく。

「飛んでるところを撃ち落としやがったことへの謝罪は、ま・だ・か・なぁ〜？」

よほど腹に据えかねているようだ。殺気がダダ漏れになっている。

そんな彼女にジニーは怪訝《けげん》と疑念を向けるだけで、一言も返そうとはしない。

「あぁ？　なんだよ、その目は。抉《えぐ》り取ってやろうか、この――」

「そこまでにしておけよ、阿呆《あほ》トカゲ」

横からジニーに助け船を出しながら、アルヴァートが溜息《ためいき》を吐《つ》いた。

「ジニー・サルヴァンからしてみれば、君は依然として敵対者のままだ。そんな相手に謝れと言われて素直にごめんなさいと言えるわけがないだろう。自分がしてきたことを思い

返せばそうした結論に辿《たど》り着くはずなんだけどな。やはりトカゲの知能などその程度か」

「……あのさ。元はと言えば、お前が指図したことだよね？　ジェシカに化けてイリーナを誘拐したりとか、その後の一悶着《ひともんちゃく》とか、全部お前がやれって言ったことだよね？」

「あぁ、そうだな。けれど実行したのは君だろ。だったら完全に自業自得《じごうじとく》じゃないか。それを僕のせいにするだなんて責任転嫁《せきにんてんか》も甚だしい……と言ったところで理解出来ないか。所詮、トカゲはトカゲだものな。公徳の概念を持たない蛮族はこれだから困る」

「はははははははははははは！　――――ブチ殺す」

殴りかかるエルザード。これを華麗に回避するアルヴァート。

そんな二人の様子を見つめながら。

あの男がポツリと呟いた。

「……睦《むつ》まじいな、本当に」

ディザスター・ローグ。

俺と全く同じ姿をした男を目にして、ジニーは困惑の表情となった。

無理もない反応ではあるが、さりとて長々と立ち話をするわけにもいかない。

「ジニーさん。我々は先を急ぐ身。ご説明は移動の最中にて」

「え、えぇ。異存はありませんわ」

彼女の首肯を確認してから、俺はアルヴァート相手に暴れ狂うエルザードへ声を投げた。

「移動を再開しますよ。竜の姿へ戻ってください」

「あぁ⁉　ボクに指図すんじゃ――」

「イリーナさんとお友達になりたくないのですか？」

「――――」

「貴女《あなた》の望みが叶《かな》うか否《いな》かは私の采配次第。そのことをどうかお忘れなきよう」

「――ボクはやっぱり、お前のことが嫌いだ」

むっすぅ～、と膨《ふく》れっ面《つら》になりながらも、エルザードはこちらの要望に応じた。

美しい少女が次の瞬間、巨大な白竜へと変わる。

これぞ狂龍王・エルザードの真なる姿にして……極めて便利な移動手段《のりもの》であった。

「おい。今、失礼なこと考えただろ？」

「いえいえ、決してそのようなことは」

エルザードの背に乗り込みながら、俺は周囲を見回した。

「……総員、乗車よし、と」

「おい。今、乗車って言ったな？　乗車って言ったな？　やっぱりお前、ボクのこと――」

「さ、飛んでください、エルザードさん。お早く」

「―――覚えとけよ、この野郎」

恨み節を吐きつつも、エルザードは三対《つい》の翼を展開し、上空へと飛翔《ひしょう》した。

そうして空の旅を再開してからすぐ。

「ではジニーさん。現状を説明させていただきます」

俺は今に至るまでの経緯を順々に話し始めた。

ジニーは無言のまま、こちらの言葉を受け続け、その末に。

「……信じられませんわね。あのエルザードと、協力関係になるだなんて」

ジニーの瞳には強い猜疑《さいぎ》心がある。

だが一方で、こちらの言葉を信じようという思いもあるのだろう。

その一端はやはり、

「……さすがの人たらし振り、ですわね。ミス・イリーナ」

ここには居ない親友への、素直な称賛。

そう、俺達はイリーナを中心としてここに立っているのだ。

我々の間にある絆は彼女の存在によるところが大きい。

だからこそ。

「取り戻しましょう、アード君」

「ええ、必ずや」

互いに決意を確かめ合い、そして……ジニーはローグの方へと目をやった。

「アード君が二人居れば、もはや無敵も同然ですわね」

ローグについて、彼女に伝えた情報は二つ。一つは奴が別世界の俺であるということ。

そしてもう一つは、我々を救うために世界を渡ってきたということ。

いずれも偽りないものだが、ただ一つだけ、あえて伝えなかったことがある。

それはかつて、ローグが俺達と敵対していたという事実だ。

以前、夏の修学旅行の最中にて、我々は神を自称する存在と遭遇し、過去へと飛ばされたことがある。そこで俺達はローグを相手に戦ったわけだが……当時、奴は正体を偽っていて、イリーナとジニーはその真実を知らない。

これを説明したなら、彼女の中に不要な警戒心を生むことになるだろう。

そう判断したからこそ、あえてその情報を伝えなかったわけだが。

「……俺はディザスター・ローグだ。アードではない。二度とその名で呼ぶな」

「ひっ……!?」

睨《にら》み据え、殺気さえ放ってみせる。

そのせいでジニーは縮み上がり、俺の背中へと逃げてきた。

「せ、世界が変われば、人格も、違うもの、ですわね……」

彼女の目にはローグが恐ろしい男として映っているのだろうが……それは違う。

奴《やつ》は俺であり、俺は奴なのだ。ゆえにその心理が手に取るようにわかる。

自分にはもう、友として彼女と接する資格などないと、そう考えているのだろう。

かつて守れなかった相手と、どうしてそのような関係でいられようか。俺はただ、そのときの失敗を清算するためだけに存在するのだと、ローグはそう考えている。

だからジニーだけでなく、誰とも関わりを持とうとしない。他者との間に壁を作り、決して交わろうとはしない。本当は、友との再会を喜びたいだろうに。

「……不器用で身勝手な男だな、貴様は」

「……あぁ。それが俺であり、そして貴様だ」

視線を交わし、言葉を交わし、自己嫌悪《じこけんお》に近い情念を味わう。

そんな我々にオリヴィアが一言。

「愚か者共め」

姉貴分としても、複雑な情があるのだろう。どのような言葉をかけていいのか、今はわからないといった様子だった。

一方で。

アルヴァートはこちらに対し、さしたる興味もなく、それゆえに。

「雑談はそこまでにしておけよ。僕達は遠足をしてるわけじゃあないんだからな」

実にマイペースに、場の舵《かじ》を取り始めた。

「今向かっている先は、古都・キングスグレイブ。その目的は……ヴェーダ・アル・ハザードの身柄だ。僕達には彼女の力が必要不可欠。そうだろう？　アード・メテオール」

俺は首肯を返した。

イリーナの奪還、ひいては世界の救済。そのためにはメフィストを討たねばならない。

さりとて尋常の手段では、奴に微細なダメージを与えることさえ不可能。

メフィストを倒すためには二つ、絶対に用意せねばならぬものがあるのだ。

うち一つは現在、我が手中にある。この腕輪がそれだ。

名を《破邪吸奪の腕輪》と言う。古代におけるメフィストとの最終決戦において、俺が手ずから創造した《魔王外装》の一つだ。この腕輪の効力により、敵対する相手は秒を刻む毎《ごと》に弱体化し、逆にこちらは相手が弱くなった分、戦闘能力を高めていく。

つまり装着者を無敵の存在にする腕輪、ということになるわけだが。

「それだけでは不十分。君とローグが融合を果たすことで、その力は測り知れないほどに高まる。その結果で以《もっ》て奴を倒す、と。そう言っていたよな」

「ええ。そして、そのためには」

「ヴェーダ様のお力が必要である、と」

ジニーの結論に俺は頷《うなず》きを返した。

「私も魔導学の心得はそれなりのものと自負しておりますが……人の融合など、いかなる手段を以て成すのか。糸口も見えぬというのが正直なところです。ゆえにヴェーダ様のお力を借りるのが確実かと」

彼女ならばきっと、なんらかの手段を示してくれるだろう。

とはいえ、問題なのは。

「……おそらく奴も人格の改変を受けているだろうな。先刻までのわたしと同様に」

滲《にじ》み出る悔恨の情。さりとて慰めの言葉など欲《ほっ》してはいまい。

俺はただオリヴィアに首肯だけを返して、

「問題はありません。彼女も元に戻りますから。貴女と同様に、ね」

確信と共に紡《つむ》いだ言葉を、オリヴィアは小さな頷きで以て肯定したが、しかし。

「具体的にどうするというんだ？」

明確な道筋を示せと、アルヴァートは言う。

俺は微笑を浮かべながら断言した。

「ありません」

「……は？」

「具体的な策など、一切合切、ありません」

アルヴァートを含め、誰もが唖然《あぜん》とする中、エルザードだけが笑声を漏らした。

「いい具合の馬鹿さ加減じゃないか。うじうじ悩むよりもずっとマシってもんさ」

肯定的な意見を出したのは、彼女だけではない。

「……フン。まるでリディアのようだな、馬鹿弟」

「ええ。私も彼女みたく、無駄な知恵働きなどやめてしまおうかと」

その結果が、オリヴィアの現状に繋《つな》がっているのだ。もし俺が賢《さか》しさを保持したままだったなら、この姉貴分を元に戻すことなど叶わなかっただろう。

「少しだけ、変わりましたね。アード君」

「馬鹿になった私は、愚かしく見えるでしょうか？」

「いいえ。むしろ……より一層、素敵になりましたわ！」

ジニーが笑顔を見せる一方で、そのすぐ横に立つアルヴァートは深々と嘆息し、

「ローグ。君はどう思う？」

「失敗した俺に、事の是非を意見する資格はない。……だが」

ローグはこちらへと目を向けて、言葉を続けた。

「アード・メテオール。貴様は俺が成せなかったことを成したのだ。であれば、その判断はきっと正しいものだろう」

満場一致の状況に、アルヴァートは肩を竦《すく》めて一言。

「馬鹿の巣窟《そうくつ》だな、まったく」

呆《あき》れたような声音だが、その表情に否定の色はない。

この男とて理解しているのだろう。此度《こたび》の一件は頭脳よりも心こそが肝要であると。

こちらの想《おも》いを全力で叩《たた》き付け、相手との絆《きずな》を信じ抜く。

出来ることはそれだけだ。すべきことは、それだけなのだ。

「馬鹿になってぶつかれば、ヴェーダ様の改変とて必ずや――」

紡ぎ出された希望と、込められた想い。それを次の瞬間。

相手方本人が、否定した。

『間違ってるよ、根本的に』

ヴェーダ・アル・ハザード。彼女の声が突如として脳内に響いた、そのとき。

前方より煌《きら》めく光弾が飛来する。

一つや二つではない。

視界を埋め尽くすほど膨大なそれらが、凄《すさ》まじい速度でこちらへと殺到した。

「当たるかよッ！」

エルザードが躍動する。蒼穹《そうきゅう》の只中《ただなか》を縦横無尽に飛び回り、迫る熱源のことごとくを回避。されど躱《かわ》すのが精一杯で前進することは叶《かな》わない。

我々が援護すれば、それも可能であろうが……

「間違っている、とは？」

先刻の言葉に気を取られ、それどころではなかった。

そんな俺達に、ヴェーダが再び声を送ってくる。

『そもそもワタシは人格を改変されてない。君達と敵対するのは、ワタシ自身の意志だ』

こんな硬い声がヴェーダの口から出たことなど、今まで一度さえない。

その事実は彼女の意志を証するもので……そうだからこそ、困惑が極まった。

「我々を裏切ったと、そうおっしゃるのですか？」

漏れ出た言葉は半ば無意識的なもので。これに対し、ヴェーダは即座に応答した。

『そうだよ。ワタシは師匠《せんせい》の側に付いた。君達とはもう敵同士だ』

ありえない。そうした思いを抱いたのは俺だけではなかった。

「いったい何を考えてるんだ？　ヴェーダ・アル・ハザード」

アルヴァートの問いかけはまさに、皆の総意だった。

なぜ裏切るのか。皆目見当が付かない。

よもやこれさえも、メフィストによって仕組まれたことではないか？

我々を困惑させ、その様子を見て、ゲラゲラ笑っているのではないか。

そんな考えが浮かんだ矢先のことだった。

『……いいよ。事情を話してあげる』

嵐のような猛攻がピタリと停止した。それからすぐ、ヴェーダが問いを投げてくる。

『アード君。君はこの状況が始まってから今に至るまで、何度か考えたんじゃないかな。師匠《せんせい》があまりにも真面目過ぎる、って』

「……ええ、そうですね。常に遊び半分で、ふざけた調子を維持してきたあの男が、今回は随分と真剣な言いざまが目立っていた」

『師匠《せんせい》が君に話したことは、全てが本音だよ。たとえば……最終決戦《ラスト・ゲーム》という言葉も。本当の本当に、そのつもりで動いてる。どういう形であれ、師匠《せんせい》は自分の人生に決着を付けるつもりだ。そこに偽りはない』

彼女の断言に、俺は強い困惑を覚えた。

メフィストという男はおよそ、混沌《カオス》の代名詞と呼ぶべき存在だ。

その行動に一貫性などまるでなく、あまりにも気分屋で、そうだからこそ次にどう動くのか読み切ることが出来ない。

それが偽りなく、真剣に、一つの意志を貫徹せんと動いているとは。

そこにいかな心算が隠されているのか、まるでわからなかった。

『無理もないよ。ワタシだって、あの話をされるまでは、君と同じように考えてたから。ああ、またいつもの遊びが始まったんだな、って。今回も適当なところで勝ちを譲って、それで何もかも丸く収まるんだろうな、って。でも……師匠《せんせい》の話を聞いたことで、考えが変わった。師匠《せんせい》が本気だってことが、嫌というほど理解出来た』

そして、ヴェーダは語る。

我々を裏切った理由を。此度の一件が発生した、その原因を。

『近い将来、この世界は滅ぶ。筆記者《ドミネーター》という名の、高次元存在によって』

彼女の言葉に、一同は沈黙を返した。

噛《か》み砕けない。飲み込むことが出来ない。

だが……

「……筆記者《ドミネーター》という単語には、聞き覚えがある」

呟《つぶや》きながら、俺はローグの顔を見た。それと同時に、奴《やつ》もまたこちらへと目を向けて。

「あぁ。神を自称する存在。そのうちの一派が筆記者《ドミネーター》だ」

一人の人物が脳裏に浮かぶ。

中性的な顔立ちをした幼い子供。かつての時間跳躍はかの存在の手によるものであり
……ローグを倒した後、再び姿を現したあの子供は、俺にこう言った。

二度と見えぬ事を祈る、と。

もしそのときが来たなら、それは、筆記者《ドミネーター》によって君達が滅ぼされるということだ、と。

「……そうか。そういう、ことだったのか。奴がいつになく真剣だったのは……心を埋め尽くした絶望が、原因だったのだな」

『そう。かの高次元存在は、師匠《せんせい》でさえどうにも出来ないんだ。もしそれが可能だったなら、そもそも師匠《せんせい》やその同胞がこっちの世界にやって来ることもなかった』

《外なる者達《アウター・ワン》》。この時代においては《邪神》と称される存在。

彼等《かれら》は総じて、この世界の住人ではなかった。

次元の狭間《はざま》を通過し、異なる世界よりやって来た異世界人。それが彼等の実態であった。

メフィストもそのうちの一人だが……

そもそもなぜ、彼等はこちらの世界へとやって来たのか。それは。

『滅ぼされてしまったのさ。あの人達の世界は。……以前、師匠《せんせい》はワタシに一度だけ、そのときのことを話してくれたよ。いつになく沈んだ様子でね』

奴はヴェーダに、こう述べたという。

〝あの世界には、僕の心を満たしてくれる人が居たんだ〟

〝彼が居てくれたから、僕は独りじゃなかった〟

〝だから僕は、彼と世界を守りたかったんだ〟

〝けれど……手も足も、出なかったよ〟

そして最後に。

『もう二度とあんな思いはしたくない。もし、同じことがこの世界でも起きたなら、そのときは……僕がこの世界を壊す。それなりに気に入っているからこそ、他人には壊させたくないんだ、と。師匠《せんせい》はそう言って、悲しそうに笑ったよ。そこには普段の、ふざけた調子なんて、どこにもなかった』

これに対し、オリヴィアが一言。

「当時の言葉を今、実行しているというわけか」

いずれ神の手によって滅ぼされるというのなら、いっそこの手で。

……なるほど、筋は通っている。

だが妙だ。それほどに本気だったなら、なぜ初手で全てを決めなかったのか。なぜ、我々を試すような真似《まね》をしているのか。

……わからない。

ならばあえて捨て置こう。今重要なのは、

「ヴェーダ様。先程まで語られた情報と、貴女《あなた》が裏切ったということ、二つの繫がりがまだ、見えてこないのですが」

メフィストにとって今回のそれは真の最終遊戯《ラスト・ゲーム》。

勝利したならこの世界もろとも自分を消し去り、敗北したなら我々の手によって消える。

その現実を前にして、なぜヴェーダが我々を裏切ったのか。

『……アード君。君も知っての通り、ワタシは元々、師匠《せんせい》の側に付いてたんだ。あの人はワタシにとって大切な存在で。袂《たもと》を分かっても、そこは変わらなかった』

悲しげな調子で言葉を紡《つむ》いでいく。

だが、それも途中までのこと。

『あの人が死ぬのは、仕方がないことだとは思う。けれど……独りぼっちのまま消えていくのは、可哀想《かわいそう》じゃないか』

彼女の声音に、段々と熱が籠もり始めた。

『これまで君達の味方をしてきたのはさ、あの人が絶対に死なないと、そう確信してたからだ。ワタシにとっても、あの人にとっても、全ては楽しい遊びでしかなかった。でも、今回は違う。もう、今回は遊びじゃないんだ』

次の瞬間。遥《はる》か彼方《かなた》より、激烈な戦闘意志が飛んで来た。

それは我々の目的地にして、ヴェーダの現在地から伝わってきたもので。

『あの人は死ぬ。勝利しようが、敗北しようが、関係なく。少なくともワタシの前から居なくなってしまうことは間違いない。だったらせめて、最後まで傍《そば》に居たいんだ』

『あんな人だけれど、それでも――』

『ワタシにとっては、たった一人の師匠《おや》だから』

そして再び、弾幕が展開される。我々の道はもはや分かたれたのだと、いわんばかりに。

「くッ……！　おい、どうするんだよ、アード・メテオールッ！」

先刻よりも一層激しさを増した攻勢。エルザードは上手《うま》く躱しているが、このまま続けたならいずれ被弾するだろう。

俺は目前の状況に対し、拳を握り締めながら。

「……一時、撤退します」

この判断に、異を唱える者は居なかった。

現状はあまりにも想定外。皆の心は揺れに揺れている。

まずは乱れた精神を立て直さねば。と、そうした意図がエルザードに伝わったのか。

彼女は弱気とも取れるこちらの判断に、なんら文句を返すことなく後退。

それから相手方の射程圏外まで退《さ》がり続けた。

「……ここらへんでいいか」

光弾の到来が絶えたことを確認してから、エルザードは眼下へと目をやる。

降り立つには丁度良い平坦《へいたん》な土地であった。

空から陸へ。地面を踏みしめながら、我々は顔を見合わせ――

「一つ、謎が解けた」

アルヴァートが眉間を揉《も》みながら、先陣を切る。

「メフィストの封印魔法が、なぜ解けたのか。ずっと気になってたんだ」

そこは俺も同じ思いだった。奴への封印は個人の魔法レベルを超越したもの。生きとし生けるもの全てが力を結集させただけでなく、星の力まで吸い上げて構築した究極の封印魔法である。ゆえにメフィストといえども、封印の解除は不可能。せいぜい外部への間接的な接触が出来るようになるか、といったところだ。

にもかかわらず、なぜそれが解けてしまったのか。

「神によるものでしょうね。間違いなく」

おそらくメフィストは、アレと契約したのだろう。

自分が世界を滅ぼす。代わりにここから出せ、と。

「……将来的に、僕達はそんなモノと戦うことになるわけ、か」

アルヴァートの声音に宿る諦観を、俺は否定出来なかった。

勝てるとも負けるとも、言えなかった。

それゆえに。

「……とりあえず。神の存在と、それがもたらさんとしている未来については、一時捨て置くことにしましょう」

「うむ。結局のところ、メフィストをどうにかせねば、先も何もない」

反対意見が出なかったため、俺は話を次へと進めていく。

「ヴェーダ様からもたらされた情報により、少々、困惑しておりますが……しかし、我々のすべきことには何も変わりありません」

メフィストを打ち倒し、皆の人格改変を元に戻す。

それがひいては、世界の救済に繋《つな》がるのだ。

……そうした考えは俺を含む古代組にとっての総意であったのだが。

「あの。講和の道を模索するというのは、不可能なのでしょうか？」

メフィストが居ない時代に生まれ、育ったジニーからすると、我々はあまりにも攻撃的に見えたのだろうか。

「何も、戦うだけが選択肢ではないのでは……？　聞くところによると、メフィストは神の力に絶望して、自棄《やけ》を起こしているように感じられるのですが」

「ええ、その解釈でも、間違ってはいないかと」

「でしたら。なんとか説得すれば――」

ジニーの言葉を遮る形で、アルヴァートが厳しい声を放った。

「ありえない。よしんば成功したとしても、奴と手を組むなんて絶対にごめんだ」

感情だけを発露したアルヴァート。

その一方で、オリヴィアは幾分か冷静だったらしい。

腕を組みながら、ジニーに淡々とした声を投げていく。

「貴様の言う通り、奴の説得に成功したのなら、表面的には極めて大きな利となろう。我々は無駄な消耗をすることなく此度《こたび》の一件は解決し、最強の《邪神》が味方に付く。筆記者《ドミネーター》とやらを相手にするなら、これほど頼もしい存在もあるまい」

ただし、と前置いてから、オリヴィアは瞳を鋭く細め、語り続けた。

「奴はまともではない。何をしでかすかわからん。笑顔で握手をした三秒後に、まったく同じ表情で殺しにかかってきてもおかしくはないのだ。かような狂人と手を組むなど百害あって一利なし。むしろ腹の中に毒虫を入れるようなものだろう」

俺やローグも完全に同意見だった。

奴の歪《ゆが》みきった人格が、もう少しまともだったなら、説得というのも択の一つだったのだろうが……理屈的にも、そして感情的にも、奴との講和を模索するなどありえない。

「ボクも同意見だ。一目見た瞬間わかったよ。アレは異常だってね。ボクのように過去の出来事が人格を歪めたとか、そういう手合いじゃない。あいつは生まれついてのイカれだ。あぁいう奴とは誰もまっとうな関係を結べやしないんだよ」

そう、エルザードはかつての敵対者であり、現在のメフィストのように世界を滅ぼさんとしていた。だがその動機は理解も同情も出来るようなもので、そうだからこそ今、彼女と俺は友誼《ゆうぎ》を結んでいる。

しかしメフィストは駄目だ。誰からも理解されず、同情することも出来ない。

「再三繰り返しますが、メフィストの討伐は大前提。……問題なのは、それを成すためにヴェーダ様のご協力が必要不可欠であるということ」

「で、でも、ヴェーダ様は」

「あぁ。僕達を、裏切った」

厳然たる事実を前にして、我々は沈黙する。

ヴェーダの協力なくしては、メフィストの打倒はありえない。

けれども彼女は相手方に付き、我々と敵対関係にある。

さて、どうしたものだろうか？

「……やはり一筋縄ではいきませんね」

状況を打破するための手段を模索しながら。

俺は、深々と嘆息するのだった——

閑話　彼女の旅路

どこにでも在る家庭。どこにでも居る少女。

そんな環境で、そんなふうに生まれることが出来たなら。

あるいは、こんな苦しみを味わわずに済んだのだろうか。

ヴェーダ・アル・ハザード。

歴史上最高の魔導学者。神域の頭脳。《魔王》軍筆頭武官、四天王が一角。

輝かしい功績と威名の数々は広く世界に知れ渡り、人々にとって彼女はまさしく偉人の中の偉人であるが、しかし――

己が存在をそこへと至らせた才覚は、彼女にとってある種の呪いだった。

《魔王》・ヴァルヴァトス魔下《きか》、七文君《しちぶんくん》が一人、ローレンス・アル・ハザード。

軍の頭脳役を務めるだけでなく、一人の魔導学者としてさまざまな研究論文を発表し、文化面においても人類の進歩に大きく貢献した男。

そして――ヴェーダの父としても、知られている。

史書におけるローレンス像を一言で表すならば、子煩悩《こぼんのう》な父親といったところか。

彼の薫陶《くんとう》を受けて育ったがゆえにヴェーダは天賦の才を開花させ、その尋常ならざる能力がヴァルヴァトスに知られることとなった結果、四天王の一角として召し抱えられたのだと、そのように伝えられているが……

何もかも、捏造《ねつぞう》であった。

なにゆえこのような、実像と懸け離れた記載がなされたのか。

それはひとえに、真実があまりにも残酷で、見るに堪えぬものだったからだ。

史書を編纂《へんさん》したのはローレンスの盟友として知られた男であり、彼もまた七文君であった。彼は友の名誉を守るため、ねじ曲げられた物語を後世へと伝えたのである。

ヴェーダの感情など、まるで慮《おもんばか》ることなく。

幼き頃の彼女は、その時点で既に異常であった。

高名な男の胤《たね》から生まれ、不世出の才を持ち……

そうだからこそ、世間にその名をまったく認知されていない。

父が彼女を軟禁し、外部への干渉を封じたからだ。

己の名誉を、己が絶頂を、維持するために。

当時、ローレンスは魔導学において右に出る者なしと謳《うた》われた、至上の天才であった。

こと学問においてはかのヴァルヴァトスでさえ自分には敵《かな》わない。

そんな傲慢を吹聴《ふいちょう》しても、誰一人として咎《とが》める者は居なかった。

そうした牙城《がじょう》を崩す者を、ローレンスは決して許せなかったのだ。

それがたとえ、我が子であろうとも。

……ある日の朝のことだった。

屋敷《やしき》の書庫にて、ローレンスは床に広がる紙束を目にした。

ミミズがのたくったような拙い文字の集積。一目見た瞬間、それが生後半年を迎えたばかりの娘によるものだと理解出来た。この時点ではまだ、ローレンスにとってのヴェーダは少々出来がいい娘という程度の認識であったのだが……

それから二年後。

「おとうさん。この論文、手直ししてもいいかな？」

三歳にも満たぬ彼女が、ローレンスの人生において最高傑作と自負するそれにケチを付けた、そのとき。

「お前のような子供に、何がわかるというのだ……！」

拳を握り固め、恫喝《どうかつ》するように低い声を出す。

ローレンスに親の情といったものはない。

適当な女を妾《めかけ》にした結果、赤子が産まれた。その程度の認識であり、同じ屋敷に住まうことを許しているのも親子だからではなく世間体を気にしてのこと。

よってヴェーダは愛する我が子、などではなく、赤の他人に過ぎない。

それが自分のプライドを形成するモノの一部を否定したのだ。

怒りを芽生えさせずにいられようか。

しかし……そんな彼の機微を読み取るにはまだ、ヴェーダの人格は熟しておらず。

ゆえに彼女は、

「結論こそ正しいけれど、それを導き出すための過程で間違った部分がある。たとえば」

もしこれで、彼女が口にした内容を児戯と嘲笑《あざわら》うことが出来たなら、ローレンスは怒りを収めていただろう。所詮、子供のすることだと、自分を抑え込めてもいただろう。

だが――

「そんな、馬鹿な」

理解出来てしまった。自分の最高傑作に、穴があったことを。

それと同時に、ヴェーダの才覚が、自分のそれを遥《はる》かに上回るものだということを。

瞬間、爆発する。

彼の中で、狂気が、爆発する。

「ッッ――――!」

気付けばローレンスは、娘を殴り倒していた。

そのまま自分譲りの金髪を引っ摑《つか》んで、地面に何度も何度も叩《たた》き付ける。

「ガキ如《ごと》きがッ! この、私にッ!」

許せなかったのだ。

自分以上の学識を持つ存在を。

断じて、許すことが出来なかった。

ローレンス・アル・ハザードはまさしく、人格破綻者であった。

……そして娘の頭蓋が砕け、絶命へと至ると同時に。

「はぁ。はぁ。これで私を脅《おびや》かす者は、居なくなった」

安堵《あんど》の息を吐く。罪悪感など微塵《みじん》もない。むしろ達成感さえ覚えていた。

が――

「ごめんなさい、おとうさん。ワタシ、何かをまちがえてしまったんだね」

部屋の入り口に、殺したはずの娘が、立っていた。

「お、前……⁉　どう、して……⁉」

何が起きているのか、まったくわからない。

「体をたくさん作って、霊体を分割保存したんだよ。おとうさんにだって、それぐらいは出来るでしょ？」

出来ない。

分身ならば可能だし、理解も容易だが。

霊体の分割保存など、いかなる原理によるものか、まったくわからない。

「う、うあ、あ……うぁあああああああああああっ！」

気付けば殺していた。二人目を。三人目を。四人目を。五人目を。

しかし、何人殺しても娘は湧いて出てくる。

ちょうど三〇人目を殺した頃、ローレンスは方針を変えた。

消し去れないならせめて、その存在を秘匿しよう、と。

己が絶頂を維持することこそ最重要。娘を隠しさえすれば、自分以上の存在が世に認知されることはない。だからローレンスは、彼女を屋敷に閉じ込めたのだ。

そうした扱いについて、当時のヴェーダは、理解が出来なかった。


なぜ、こんなことになったのだろう。

ワタシはただ、愛されたかっただけなのに。

おとうさんにただ、褒めてもらいたかっただけなのに。

父はワタシの顔を見る度に、躊躇《ためら》いなく拳を振り下ろした。

父は目を合わせる度に、容赦なくワタシを殺した。

なんでこんなことをするんだろう。

何を間違えたのか、わからない。

ただ一つ、確かなのは。


「お前なんかッ！　生まれなければよかったんだッ！」

ワタシはきっと、この人に愛してはもらえないんだと。

そう結論付けると同時に、ワタシは生きる気力を失った。

分割した霊体を一つの体へ戻し、そして。

「死ねッ！　死ねッ！　死ねッ！　死ねぇえええええええええええッ！」

これで、終わる。

お腹《なか》を何度も何度も踏みつけられて、内臓破裂による腹膜内出血で、ワタシは死ぬ。

愛されないなら。愛してもらえないなら。そんな人生に意味なんか、ない。

ワタシは自分の結末を受け入れていた。

でも——あの人が、それを否定した。


「こんな結末じゃあ面白くないよ。僕にとっても。君にとっても」

脈絡なく響いた第三者の声。あまりに流麗なそれは、まるで天使の歌声のようで。
けれどその実態は——悪魔の、呼び声だった。

「ぐぎっ⁉」

捻《ねじ》れていく。お父さんの手足が。体が。首が。

ゆっくりと、罰を与えるかのように。

「あがっ、ぎっ、い……や、やめ……」

言葉と目線で命乞いをする父に、あの人は言った。

穏やかな声音で。囁《ささや》くように。

「僕は人類を愛してる。その善悪は関係なく、人類であるという時点で、僕にとっては最良の玩具《おもちゃ》だからね。だから当然、君のことも愛してるよ？　ローレンス君。でもね――」

天使の美貌に、悪魔の笑みを張り付けて。

「死んでおくれよ。なんだか気持ち悪いから」

捻れていく。捻れていく。

悍《おぞ》ましい苦悶《くもん》と、肉や皮、骨、臓器が壊れる音とが混ざり合って、その末に。

父はまるで、絞られた雑巾のようになって、死んだ。

「おとう、さん……」

ショッキングな光景だった。

けれど、悲しみは感じなかった。涙も、溢《あふ》れてはこなかった。

ワタシはそのとき、父の死よりも、目前の悪魔に、心を奪われていた。

「やぁやぁ、ヴェーダちゃん。僕はメフィスト＝ユー＝フェゴール。親愛を込めてメーちゃんとでも呼んでおくれよ」

倒れたワタシを見下ろしながら、彼は言った。

「う～ん、やっぱり不思議だなぁ。君には特別な情を感じるよ。こんなことは初めてかもしれない。どこに所以《ゆえん》があるのか、まったく見当が付かないねぇ」

黄金色の瞳に宿る好奇心と、狂気。

だけれど、それをワタシは、恐ろしいモノとして認知していなかった。

あの人の目は、鏡に映る自分のそれと、似ていたから。

きっと彼も、同じことを思ったのだろう。

「居場所が欲しいかい？　ヴェーダちゃん」

「いばしょ、って……なぁに？」

「心が落ち着く場所さ。あるいは、そういう思いを抱かせてくれる相手への比喩表現かな」

「あなたが、そうなってくれるの？」

「……いいや。僕は無理だよ。でも、もしかしたら、それを与えてあげることは出来るかもしれない」

そう言って、右手を差し出した彼は、どこか悲しげで。

あぁ、きっと、この人とワタシは同じ痛みを抱えているんだと、そう思った瞬間。

目前の手を、摑んでいた。

そして彼はワタシを立ち上がらせて、

「じゃあ、行こうか」

「うん」

歩き出す。

その道はきっと、邪悪な旅路なのだろうけれど。それでも。

「あ、ところで。君のお母さん、ついさっき新しい研究の実験台にしちゃったんだけど。悪いことしちゃったかな？」

「……その研究、ワタシも参加していい？」

繋《つな》いだ手から伝わる温《ぬく》もりが。向けてくる穏やかな眼差《まなざ》しが。

生まれて初めての安息を、もたらしていた。

だからワタシは、この人と歩いて行く。たとえ破滅の未来が待ち受けていたとしても。

彼は、ワタシの――

◇◆◇

「――ああ、寝ちゃってたのか」

まどろみを晴らすように伸びをしながら、ヴェーダは呟《つぶや》いた。

現在地は古都・キングスグレイブ中央。己がラボラトリーの一室。

巨大な要塞へ改造された都市をコントロールする、まさに心臓部と呼ぶべき空間であった。

「さすがに一人でやるもんじゃないなぁ……」

都市全域を手足のように操るには、膨大な魔力の消耗と、精神が磨《す》り減るような疲労を伴う。先程の応戦でヴェーダは疲労困憊《ひろうこんぱい》となり、堪《たま》らず意識を手放してしまったのだ。

「一応、自動運転機能はオンになっているけれど」

精妙なコントロールが出来ぬため、下手をすると彼等《かれら》に防衛網を抜かれる可能性がある。

よってヴェーダは周辺監視を続行せんと、室内の機能支配権を自身に——

「悪夢ってのはさ、ストレスに対する防衛反応って説があるらしいよ？」

聞き慣れた声が、背後から飛んでくる。

「……師匠《せんせい》」

「やぁ、愛弟子《まなでし》」

いつからだろう。こんなふうに呼び合うようになったのは。

ワタシが師と仰ぐのはこの人だけだ。

彼が愛弟子と呼ぶのはこのワタシだけだ。

それが今でも、少しだけ嬉《うれ》しく感じるから。

だから、彼等を裏切ったことに後悔などあろうはずもない。

あろうはずも、ないのだ。

「さっきも言ったけれど。悪夢ってのはストレスの発散という見方も出来るんだよ。イメージ的にはむしろストレスが蓄積しそうだけどさ。きっとある種のショック療法なんだろうね。いやはや、人体っていうのは面白いもんだ」

遠回しな言い草に、ヴェーダは小さく息を吐いて。

「……ワタシが、現状にストレスを感じてるって言いたいのかな？」

「うん、そうだけど？　聞くまでもないよねぇ？　無駄な質問はやめた方がいいよ。時間がもったいないし、知能も下がるから」

妙に挑発的な口調。

メフィストらしいと言えばそこまでだが……

今回のそれは、普段とは違う感情が宿っているように思えた。

「ワタシを怒らせて、自分のもとから引き離したいのかな？」

この問いかけに、メフィストは沈黙する。

これもまた珍しい態度だった。いつもの彼なら、どのような問いであろうとも即答で返す。天使の美貌に悪魔の笑みを張り付けたまま。

けれども今、彼はどこか困ったように苦笑しながら、頬を掻《か》くのみだった。

「本当に変わらないよね、あなたは。寂しがり屋のくせに自分を独りぼっちにさせて。嬉しいくせになんともないような顔をして。本当は泣きたいのに腹を抱えて笑う。あなたは矛盾の塊だ。そんなふうに歪《ゆが》んでいるから、誰も傍《そば》に居ようとはしない」

かつての自分もそうだった。

メフィスト＝ユー＝フェゴールの人格は歪みに歪みきっている。

愛しているからこそ、それを破壊したとき、自分がいかなる情を抱くのか。その疑問に対する好奇心を抑えられない。

だから彼は、他者に対して破滅的なコミュニケーションしか出来ないのだ。

「……あの日、ワタシの友達を殺したのは、ワタシを自分のもとから離すためだった。そうでしょ？　師匠《せんせい》」

過去を思い返す。

ヴェーダがなにゆえメフィストと袂《たもと》を分かち、ヴァルヴァトス《（魔王）》の側へと付いたのか。

それはある事件がきっかけだった。

「当時のワタシにとって、実験動物は唯一の友達だった。あの子達と……あなた以外に、心を開くつもりはなかった。そんな友達を、あなたは皆殺しにした」

そのときに悟ったのだ。この人と共に在ったなら、いずれ何もかも失ってしまう、と。

彼に拾われた時点でのヴェーダなら、それでもいいと思っていただろう。

だが時を経て、彼女にも生き甲斐《がい》が出来た。壊されたくないモノが、出来てしまった。

だからヴェーダはメフィストのもとを去ったのだ。

守りたい何かがある限り、もはや共には在れぬと断じて。

……だがそれは、今思うと、メフィストなりの配慮だったのではないかとも考えられる。

「あの一件は、あなたにしてはずいぶんと回りくどかった。何せあなたは相手に興味がなければ不干渉を貫くし、中途半端《ちゅうとはんぱ》に愛しているなら間接的な関係しか結ばない。強く愛していたならストレートに心身を壊そうとする。あのときだけ、あなたは普段のスタイルを崩していた。それがあなたの心境を証明している」

メフィストは何も応えなかった。

苦々しい笑みを浮かべ、沈黙するのみだった。

「大人ぶったことしないでよ。あなたの本質は、いじけた子供なんだから。素直にこっちの好意を受け取っていればいい。……ワタシはあなたが何を言おうとも、最後まで傍に居る。だってあなたは、ワタシにとって」

と、結論を語る、その直前。

地鳴りのような轟音《ごうおん》と衝撃が室内を揺れ動かした。

「っ……！」

息を呑《の》むヴェーダ。

おそらくは彼等の仕業であろう。

メフィストと話し込んでいたことで、防衛網の突破を許してしまった。

「……これも、あなたの作戦通りってこと？」

メフィストは首を横に振るのみだった。

本音か嘘《うそ》か、どうにも判然としない。

なんにせよ今は。

「敵の対処をしないと、ね」

敵。彼等のことをそう呼んだ瞬間、チクリと胸が痛んだ。

けれどもヴェーダは立ち上がり、襲撃者達のもとへと向かう。

心中に覚悟を秘めて。

そんな彼女を見送りながら、メフィストはポツリと声を漏らした。

「……悩ましいねぇ、本当に」

第一一三話　元・《魔王》様と、学者神の慟哭《どうこく》　前編

「ヴェーダ様の説得について、私は十分に可能性があるのではないかと考えています」

沈黙を破る形で、俺は場に一石を投じた。

「師《おや》と友、両者を乗せた天秤《てんびん》は未《いま》だ、揺れ動いている状態にあるのではなかろうかと」

「……根拠は？」

アルヴァートの問いかけに対し、俺よりも先にオリヴィアが返答を投げた。

「《固有魔法《オリジナル》》、か」

彼女の言葉に俺は首肯を返す。

「ええ。先の一件において、ヴェーダ様は《固有魔法《オリジナル》》の詠唱はおろか、その前段階である異能の行使さえしなかった」

彼女が有するそれは創造と破壊。

その究極形である《固有魔法《オリジナル》》を用いたなら、我々を殲滅《せんめつ》することも不可能ではない。

だが、ヴェーダはそうしなかった。出来たはずのことをしなかったのだ。

この根拠に対し、アルヴァートは腕を組みながら頷《うなず》いて。

「なるほど。賭けてみるだけの価値はある、か」

アルヴァートの納得を受けて、オリヴィアは話を次へと進めていった。

「……どのようにして、奴《やつ》のもとへ辿《たど》り着くのだ？」

当然の疑問である。

おそらくヴェーダはもうこちら側と対話するつもりはないだろう。

よって彼女が拠点とするキングスグレイブへと侵入し、面と向かって言葉をぶつける必要がある。そのためには確実性の高い侵入経路を確保したいところ、だが。

ここでアルヴァートが口を開き、

「その点については既に調査済みだ」

言い終わるや否《いな》や、奴の隣に何者かが顕現する。

それはゴシックロリータを身に纏《まと》った麗《うるわ》しい少女であった。

カルミア。外見は人間そのものだが、その正体は三大聖剣の一振りにして、およそ剣と名が付く概念の頂点、ディルガ＝ゼルヴァディス。

アルヴァートは彼女に斥候を任せていたのだろう。相も変わらず抜け目がない。

「カルミア、報告を」

「……結論から言えば、陸も空も隙がない。ただ一カ所、陸路のルートが比較的容易に見えたのだけど、おそらくブラフだと思う。認識不能な罠《わな》が仕掛けられている可能性が高い」

「アード・メテオール。貴様の異能で以《もっ》て、トラップを無力化することは？」

「対策されていると考えるべきでしょう」

「つまり……陸にも空にも、確実なルートなどないというわけか」

アルヴァートの結論を受けて、皆が唸《うな》る中。

ただ一人、エルザードだけが淀《よど》みない口振りで断言する。

「だったら、空から侵入しよう」

まるで決定事項を語るような言いざま。これにアルヴァートが眉をひそめながら、

「空路を選んだ根拠は？」

「お前さぁ、さっきから根拠、根拠ってうるさいんだよ。そんなのあろうがなかろうが、どうだっていいだろ」

「……何を言ってるんだ、このトカゲは」

頭痛を覚えたか、こめかみを押さえるアルヴァート。

それを一瞥《いちべつ》もすることなく、エルザードは言い続けた。

「竜族は空の支配者だ。それが引き下がったまま終わりだなんて、絶対にありえないね」

「……あなたのプライドを守るために皆を危険に晒《さら》していいわけがない。クソトカゲは少し黙っていてほしい」

「お前が黙れよ、ガラクタ」

「ガラ、クタっ……⁉」

「あるいは役立たずと言うべきかなぁ？　三大聖剣ってのも、たいしたことないよねぇ」

「………ねぇアル。こいつ、ブチ殺していいよね？」

「今はまだそのときじゃあない。そんなことよりも」

大きく溜息《ためいき》を吐《つ》いてから奴はこちらを見た。全ての決定権を俺に委ねると、そう言いたいのだろう。どうやら皆、同意見だったようだ。

「ふむ……エルザードさん、自信と覚悟はおありで？」

「ボクが空を拓《ひら》く。文句があるなら言ってみろ」

向けてくる眼差《まなざ》しが何よりの答え、か。

「よろしい。狂龍王《きょうりゅうおう》の面目躍如、魅せ付けていただきましょう」

彼女は力強く頷いて……白き巨竜へと変異する。皆、その背へと乗り込み、そして。

「さぁ、リベンジと参りましょうか。エルザードさん」

「勝手に負けたことにすんなよ、アード・メテオール」

翔《と》ぶ。

三対《つい》の翼を展開し、蒼穹《そうきゅう》の只中《ただなか》を翔《かけ》る狂龍王。

「そろそろ迎撃エリアに入りますよ。準備はよろしいですか？」

これはエルザードへの問いかけであると同時に、皆に対するものでもあった。

彼女の力だけを恃《たの》むつもりはない。全員、一丸となって、これを突破するのだ。

そうした意志が皆の視線から伝わってくる。

「……やはり、善き仲間であったのだな」

ローグの口からポツリと声が漏れた、次の瞬間。

飛来する。煌《きら》めく球体が。超高熱の塊が。我々を撃墜せんと、飛来する。

「これしきのことでッ！　竜を墜とせると思うなッッ！」

勇ましい叫び声を上げながら、エルザードが吶喊《とっかん》する。

大気を引き裂いて、膨大な熱源のことごとくを躱《かわ》し、突き進んでいく。

飛翔《ひしょう》速度を秒刻みで高めながら。

「君の辞書には慎重って言葉がないんだな、阿呆《あほ》トカゲ」

「ハッ！　そんなもの、君達が居れば必要ないだろ！」

疾《はや》さを増すは、信頼の証《あかし》。

万が一仕損じたなら我々がどうにかするという、彼女の考えを表すもの。

「……あの狂龍王が、私達のことを」

驚嘆するジニー。その隣で、俺は首肯を返しながら。

「信を置かれた以上、気張らねば面目が立ちませんよ、ジニーさん」

「そう、ですわね」

貸し与えた魔装具、紅《あか》き槍《やり》を握り締めて、ジニーが呟《つぶや》く。そして——次の瞬間。

「備えろ。新手が来るぞ」

獣人族《オリヴィア》の視力が我々の目に映らぬそれを捉えたらしい。

彼女の警告から数秒後、異形の群れが波濤《はとう》の如《ごと》く押し寄せてきた。

魔物ではない。ヴェーダ手製の実験動物であろう。

「とんでもない物量だが、僕達には関係がないな」

「そうだね、アル」

相棒の意を察したか、カルミアがその姿を変異させる。

美しい少女のそれから、七色の煌めきを放つ聖剣へと。

「やるぞ、カルミア」

竜の背に立ちながら、アルヴァートは聖剣を構え、

「ヴァスク・ヘルゲキア・フォル・ナガン《矮小なる者共よ、我に頭を垂れよ、さもなくば》――」

超古代言語による詠唱を経て、アルヴァートが大技を放つ。

「ガルバ・クエイサ《無へと還るがいい》ァアアアアアアアアアアアアアアアアアッ！」

聖剣の刀身が繰り出したそれは、破壊力を伴う虹色の煌めきであった。

空一面を覆い尽くすような超・広範囲攻撃。

その一撃で以て、敵方の群れは全滅…………とまでは、いかなかった。

装甲めいた硬質な鱗《うろこ》を有する個体達が、まだ多く残っている。

「手抜きしてんじゃねぇよ、女男」

「ここで力を使い果たす方がどうかしてるだろ。それぐらいわかれよ、阿呆トカゲ」

応酬する二人をよそに、オリヴィアが小さく呟いた。

「……任せろ」

粛然とした声音に反し、心は熱く燃えているのだろう。

腰元に提げた魔剣を鋭く抜き放ち……竜の背を蹴って、跳んだ。

まるで撃ち出された砲弾のように空を征《ゆ》くオリヴィア。

そして。

「斬る」

切断。

すぐ近くまで接近していた敵方の巨体を一刀のもとに斬り捨て、落下直前の亡骸《なきがら》を足場のように利用し、跳躍。再び空を直進し、次の敵を切断。彼女はそれを繰り返した。

敵の鱗がいかに頑強であろうとも、オリヴィアにとっては紙切れも同然。

斬って斬って斬って斬って斬って斬りまくる。

「……終《しま》いだ」

最後の一体を両断し、その亡骸を蹴って、こちらへと帰ってくる。

「剣聖、オリヴィア・ヴェル・ヴァイン。その腕、錆《さ》び付いてはいなかったようだね」

「……これしきのこと、どうということもない」

初撃を放ったアルヴァートと、それを見事に次へと繋《つな》げたオリヴィア。

四天王二人の活躍に、ジニーは己が槍をギュッと握り締めながら、

「せめて、足だけは引っ張らないように、しませんと」

「……気負うな。お前にはお前の領分がある」

ローグに話しかけられたことがあまりにも意外だったか、ジニーは目を見開いた。

俺も少々、予想外ではあったが……かまけてはいられない。

「次から次へとキリがありませんね」

一時消失した敵方と熱球。されど所詮、第一波に過ぎなかったか、今回は先刻に倍する数がやってきた。とはいえ――この程度なら、特に問題はない。

先刻の状況を再現し、第二波も片が付いた。その後の第三波、第四波もまた。

「奇妙ですね。ヴェーダ様が操作している割りには、あまりにも弱々しい」

「……おそらくは、奴の手が入っていないのだろう」

敵方の動作を思うに、ローグの言葉は正しいのだろうが、しかし。

「なぜ迎撃に関与していないのか。これがわからない」

「俺にも見当が付かん。しかし、いずれにせよ」

「あぁ。好機と見るべき、か」

この分なら危険空域を一息に突破し、キングスグレイブへと侵入出来るだろう――と、楽観的な考えを抱いた、そのとき。

「ぬぁっ⁉」

エルザードの巨体が停止する。まるで、見えない壁にぶつかったかのように。

……いや、まるで、ではなく。事実その通りだったのだろう。

眼前に在る透明の壁を睨《にら》みながら、俺とローグは同時に口を開いた。

「結界、ですか」

「張られていて当然だな」

「〜〜〜っ！　知ってたなら事前に教えとけよっ！　ダブル馬鹿っ！」

「いや、少し考えればわかることかと」

「貴様の頭脳はシルフィーと同レベルか、狂龍王」

「こんなときだけ息合わせてんじゃねぇぞ、このド畜生共がっ！」

やり取りしつつ、我が異能、解析と支配を用いて結界の硬度を測定する。

「……なるほど、最終防衛機構として申し分ないものですね、これは」

「生半可な業では破壊出来んな」

そうこうしているうちに、周辺の虚空《こくう》にて闇色の穴が開き……無数の怪物が出現する。

手をこまねいていれば消耗が続き、ジリ貧となろう。

ゆえにここは。

「皆さん、邪魔な羽虫の対処をお願いします」

「……うむ。我々が時間を稼ぐ間に」

「ええ。私とローグ、そしてエルザードさんの三人で、結界を破壊いたします」

各自、役割を認識した瞬間……一斉に動作する。

「オリヴィア、今回は君に任せる。これ以上の消耗は望ましくない。ジニー・サルヴァン、君と僕で彼女の援護だ。いいな?」

「は、はいっ! 必ずやお役に立ってみせますわっ!」

「……期待しているぞ、ジニー」

アルヴァートが聖剣を、ジニーが紅槍《こうそう》を構える中、オリヴィアが竜の背を蹴って敵の大群へと突入。三人が状況を開始すると同時に、俺はエルザードに呼びかけた。

「過去の再現にして、我等が関係の変化を証する連携。即《すなわ》ち……大技のぶつけ合いと参りましょうか、エルザードさん」

「ハッ! 上等だよ、アード・メテオール」

次いで、ローグへと視線をやる。さすがもう一人の俺だけあって、詳細など話さずとも意図が理解出来たらしい。奴《やつ》の首肯を確認すると共に、

「コード:シグマを発動する。合わせろ、ディザスター・ローグ」

「……補完術式の構築を開始。発動まで残り一〇秒」

俺が有する最大威力の大技《アルティメイタム・ゼロ》。これは元来、《固有魔法《オリジナル》》を発動したうえでしか使用出来ず、魔力の消耗も甚大《じんだい》である。

されどもう一人の自分という特殊な存在の助力を得たなら、平時の状態で発動出来るだけでなく、魔力の消費も半分以下まで削減可能。

こちらが着々と準備を進めていく中で、エルザードのそれもまた整いつつあった。

「《フルム》《エヴィザ》《グヴィネス》……」

彼女の眼前にて、黄金色の魔法陣が形成される。

次の瞬間、それと重なるように、我が漆黒の魔法陣が出現。

「《エヴシム》《ルファサ》《ウルヴィス》《アズラ》……」

「魔力充填率六〇%、七〇%、八〇%、九〇%……」

過去の記憶が脳裏に浮かぶ。まだエルザードが敵方であった頃、イリーナを誘拐した彼女との決戦において、我々は互いの大技をぶつけ合った。

これはその再演にして……変化の証明。その瞬間が、今。

「行くぞ、アード・メテオール……！」

「準備は整っていますよ、エルザードさん」

息を合わせ、そして――

「消えてなくなれッッ！　《エルダー・ブレス》ッッ！」

「《アルティメイタム・ゼロ》、発射《ファイア》」

黄金色の魔法陣から蒼《あお》い奔流が。闇色の魔法陣から紅き奔流が。一気呵成《いっきかせい》に、放たれた。

まるで大瀑布《ばくふ》の如き光線が、重なる形で突き進む。

その過程において、紅と蒼、両者が融合し、尋常ならざる破壊の渦へと進化。

それは瞬《また》く間に不可視の防壁へと衝突し——

「ボク《狂龍王》と君《《魔王》》の合わせ技だ。打ち破れない壁なんて、あるものか」

「左様。これしきの防壁など、我々の前では薄紙も同然かと」

目前の光景は俺達にとって、当然の結果であった。

数秒間の拮抗《きっこう》を経て、不可視の防壁が崩壊。木っ端微塵《こっぱみじん》となったそれが、まるで陽光を浴びたガラス片の如く煌《きら》めいて、眼下へと降り注いでいく。

「……頃合いか」

遠方にて、敵方を刻み続けていたオリヴィアが、最後の一体を両断。その亡骸を足場にして跳躍し、こちらへと戻ってくる。

「とりあえず、挑戦権は得られたといったところかな」

呟いたアルヴァートに、エルザードが一言。

「おい女男、何か言うことは？」

「……褒め言葉でもくれてやればいいのか？　阿呆《あほ》トカゲ」

「違《ちげ》ぇよ、馬鹿。謝罪しろって言ってんだよ、馬鹿」

「は？　何に対して謝れと？」

「ボクの力を舐《な》めてただろ。けれど結果はご覧の通りさ。見事に空路を――」

「あぁ、そうだね。僕達が援護してやったおかげで無事に突破出来た。もし君だけだったなら、序盤の段階で撃墜されていただろうさ。叩《たた》き殺された羽虫みたいに。だから君は僕達に感謝すべきだな、雑魚《ざこ》トカゲ」

「………お前、本当に覚えてろよ。全部終わったら真っ先に殺すからな」

侮蔑と殺意の応酬に、俺は肩を竦《すく》めながら、

「気を引き締めてください。先程アルヴァート様がおっしゃられた通り、我々はまだ挑戦権を得ただけなのですから」

割って入り、口喧嘩《くちげんか》を止めた後。

「下降してください、エルザードさん」

要塞化された古都・キングスグレイブへと降り立つ。

着地点は真下。ヴェーダの拠点と思《おぼ》しき、ラボラトリーの敷地《しきち》であった。

竜の巨体が地面へと着き、重量感に満ちた音を響かせる。それからすぐ、我々は彼女の背中から飛び降りて、着地。……そんな俺達を迎え入れるかのように。

「やっぱり、君達か」

ヴェーダが、施設の中から顔を出した。

「おや、これは予想外ですね。貴女《あなた》は最後の最後まで、拠点の内側に籠もるものと想定していたのですが」

「……そうしたところで、君達はどうせワタシのもとへ辿《たど》り着く。だったら無駄な時間は省くべきだし、それに……」

言葉が句切られた、その直後。ヴェーダを取り囲むように、闇色の穴が開く。

そして彼女は言った。我等への拒絶に等しき、その言葉を。

「実験台になってくれる相手を探してたんだ。君達がそれを務めてくれるというのなら、こちらとしても助かるよ」

口から出た声は冷ややかで。

向けてくる瞳は、まるで無機物のように情の色味がなかった。

初めて会った頃を思い出す。あのときも、あいつはこんな目で俺達を見ていた。

だが。

「貴女は誰よりも自分に正直だった。それゆえに……嘘《うそ》のつき方がわからないと見える」

ヴェーダの眉がピクリと動く。されど、彼女の意志は不変のまま。

「……ワタシ、嫌いなんだよね。君みたいにしつこい奴は」

来る。

ヴェーダ・アル・ハザードが。

かつての四天王が。

己が道の只中《ただなか》にて惑う、我が友が。

――それを前にして。

「矛を交えねば解《かい》し合えぬ思いもある」

俺は、宣言した。

「参りますよ、ヴェーダ様」

第一四話　元・《魔王》様と、学者神の慟哭《どうこく》　後編

我が軍の内に在って、四天王という階級は極めて特殊な立ち位置にあった。

他のそれは軍統括者、即ちこの俺によって決定が下されるものだったのだが……

四天王の座に就く者はこちらの下知ではなく、下克上による奪い合いによって決定付けられていた。そも四天王とは武官の頂点。なれば己が武威こそ最強であると証明した者にこそ、その座は相応《ふさわ》しかろうと、当時の俺はそのように考えたのだ。

ゆえに忖度《そんたく》などは一切ない。こちらの都合も、まるで関係はない。

唯才。ただ才ある者だけを求む。

その精神に基づいて、四天王は幾度も代替わりを重ね続けた。

そうした過程の果てに。

最後の四天王となった者達は、オリヴィア以外の全員が曲者《くせもの》であった。

ライザー・ベルフェニックス。経歴の全てが謎に包まれた、怪しげな老将。

アルヴァート・エグゼクス。かつての好敵手が俺へと預けた、忘れ形見。

そして――彼女は。ヴェーダ・アル・ハザードは。

かつて我が軍を半壊にまで追い込んだ、難敵の一人だった。

そんな頃の彼女が戻ってきたかのように。今、ヴェーダは我々へと牙を剝《む》いている。

「スケアリー・モンスター、システム・フルブラスト《極限展開》」

虚空《こくう》に開いた黒穴《こっけつ》から、そのとき無数の異形が現れた。

体色はここまで相手取ってきたそれと同様、黒一色。その姿は魚類めいており、宙を海原の如《ごと》く泳ぎ回っている。サイズは人の幼児程度と小型だが……膨大な物量が群生生物の如く一塊となっており、その姿はさながら大蛇のようであった。

「バイオレント・ストライク《無尽突撃》」

号令一下。

異形の群れによって形成された巨大な蛇が、虚空を泳ぎ進むようにして迫ってくる。

「まずは様子見と行こうか」

アルヴァートが天へと右手をかざし、次の瞬間、そこから漆黒の火炎が発生。

それは葉脈のように空《くう》を走り、やがて大網の形へと変わる。こちらへと殺到した異形の大蛇は黒炎で以《もっ》て形成された網に捕らわれ、崩壊……するはずだったのだが。

「ぬ、抜けて来ましたわッ！」

「相手は群体なんだからこうなって当然だろ。女男のオツムは赤ん坊以下かよ」

エルザードの言う通り、敵方は一個体ではない。小さな異形が群れを成すことで形成されたもの。ゆえに編み目の隙間から逃れ出て、こちらへとやって来る。

そのサイズを、二回りも巨大化させて。

「……様子見だと言っただろ、阿呆トカゲ」

アルヴァートは相手の情報を知ろうとしたのだろう。その結果として、わかったことは、

「どうやらアレは、ダメージを負うと同時に分裂するようですね」

「あぁ。厄介なことに、威力は関係ないらしい。僕の炎は一撃で存在を灼《や》き尽くすものだが、しかし……それに触れて焼失すると同時に、倍の数となって再召喚された」

「……無限の軍勢、どころではないな」

「み、皆様、来ますわよッ⁉」

「だったら避ければいいだろ、オマケ女」

エルザードの顔に緊張はない。敵方の動作は比較的鈍重で、容易《たやす》く回避出来てしまうからだろう。事実、我々は一斉に飛び退《の》き、事なきを得た。

「とはいえ。それも現段階の話でしょうね」

「……うむ。どうやらあの異形は、こちらが攻撃せずとも勝手に増えていくらしい」

時を経る毎《ごと》に膨らんでいく漆黒の群れ。そんな敵方を睥睨《へいげい》しつつ、オリヴィアは呟《つぶや》いた。

「……まるで進化しているかのようだな」

次の瞬間、その言葉が実態を伴って襲い掛かってきた。

「GYAAAAAAAAAAA!」

異形の群れが一斉に吼《ほ》え叫び、そして、大蛇の全身から煌めく流線が放たれた。

どうやらそれは、自爆技であったらしい。

大蛇を形成する表層部の個体が弾《はじ》け飛び、熱源の塊となって、こちらへと殺到する。

「散開ッ!」

我が号令を受け、皆が飛び散る形で跳躍。どうにか光線の群れを回避出来たが……

「自爆。攻撃。増殖。全てが一纏《ひとまと》めになっているようですね」

「……そして、数を増せば増すほどに、強くなるらしいな」

大蛇のサイズがさらに膨れ上がった。

これを受けて、今まで沈黙を保っていたローグが嘆息すると共に、

「……アルヴァート。俺と貴様で抑え込むぞ」

「……そうだね。全員で対応しても、結局のところは消耗を重ねていくばかりだ。アレは

最低限の人員で対抗すべきだな」

首肯を返してから、アルヴァートはこちらを見て、

「この勝負はアード・メテオールがヴェーダの心を動かせるか否《いな》か、そこにかかってる。そのためにもまずは、邪魔なく対話が出来る環境を作る必要があるな」

「……うむ。その過程においては当然、ヴェーダ自身による妨害があるだろう」

「でしたら……私達が、道を拓《ひら》きますわ」

「足引っ張んなよ、オマケ女」

言い合う仲間達を見つめながら、俺は口を開いた。

「皆さん……お頼みいたします」

短い言葉に込めた信頼を感じ取ってくれたのだろう。仲間達は皆、力強く頷《うなず》いた。

「さぁ。行動を開始しようか」

「仕切ってんじゃねぇよ、女男」

「……俺とアルヴァートが大蛇の動きを抑える。その瞬間に走れ、アード・メテオール」

「わたしとジニー、そしてエルザードが道中の援護をしよう」

「ヴェーダ様を、お願いします。アード君」

一つ頷きを返す。そして——皆の連携が、始まった。

「カルミア、第六の権能を使うぞ」

「了解した」

「……いかようにでもするがいい。全てに合わせてやる」

アルヴァートが聖剣に宿りし力を発動。瞬間、虹色の煌《きら》めく刀身が一際《ひときわ》強い光を放ち……その直後、大蛇の巨体が鎖によって縛り付けられた。

無論ただの鎖ではない。至高の聖剣、ディルガ＝ゼルヴァディスの権能によって創造されたそれは、大蛇を成した群体の全てを封じ込め、身動きを停止させた……が。

「ローグ、多重封印で援護してくれ。奴等《やつら》、自爆を繰り返して強度を増し続けてる」

「……聖剣の権能さえも、いずれは突破される、か」

恐ろしい怪物を睨《にら》み据えながら、ローグが要請された通りに動く。

俺もまた、二人が作ってくれた好機に乗じて走り出した。

ヴェーダのもとへ。真《ま》っ直《す》ぐに。

「……来ないでよ、鬱陶しい」

不意を打つ形で、我が真横に黒穴《こっけつ》が開いた。

されどこの足は一瞬たりとて止まることはなく、視線は常に前へと向け続けていた。

それは信頼の証《あかし》だ。いかなる事態に見舞われようとも、仲間が俺を守ってくれる。そんな想《おも》いに対し……まず、ジニーが応えてくれた。

「アード君には、指一本、触れさせませんっ！」

紅槍《こうそう》の穂先から真紅の稲妻を奔《はし》らせ、穴から顔を出した異形を撃つ。

俺は安泰のまま、疾走し続けた。

残り、二〇歩。

「……来ないでって、言ってるでしょ」

唇を震わせながら、ヴェーダが次手を放った。

今度は足下に穴が開く。

極めてストレートな害意。瞬《まばた》きをする間もなく、俺は黒穴へと落下――する直前。

「貸し一つだぜ、アード・メテオール」

一陣の風がこちらの背を押して、そのまま前方へと運ぶ。

エルザードの救助を受けて、さらに先へ。

残り、一〇歩。

「………………いい加減に、してよ」

肩を震わせ、拳を握りしめながら、ヴェーダはか細い声を出した。

刹那、彼女の眼前にて純白の壁が出現。俺とヴェーダとを隔てるそれを、次の瞬間――

「閉じこもったところで仕方がないだろう。ヴェーダ・アル・ハザード」

オリヴィアが疾風《はやて》の如く駆け、こちらを抜き去り、そして。

切断。

切断切断切断切断切断切断切断切断切断切断切断切断切断切断……

その手に握る魔剣を以て、白き壁を微塵《みじん》に斬り刻んだ。

「アード・メテオール…………いや、馬鹿弟」

すれ違いざま、オリヴィアが声をかけてきた。

学園の生徒である俺ではなく、弟分としての俺へと。

「今の貴様なら出来る」

その一言に俺は微笑を返し、

「任せてくれ」

こちらもまた、アードではなく、ヴァルヴァトスとして言葉を返す。

そう、過去の俺だったなら。《魔王》と呼ばれていた、空虚な中身しか持たぬ、俺だったなら。きっとヴェーダの心を動かすことなど、叶《かな》わなかったろう。

だが、転生し、多くの友を得たことで、俺は変わることが出来た。

もう空虚な暴力装置ではない。彼等《かれら》と過ごす日々の中で、何かを感じ、何かを学び……

それが、胸の内に煌めくものを創り出したのだ。

これを形作ってくれた者達の中には、ヴェーダも含まれている。

ゆえに今、俺は最後の一歩を刻み……あいつの前へと、立った。

「矛を収めよ、ヴェーダ」

アード・メテオールの仮面など被《かぶ》ってはいられない。

真の自分として、真の想いをぶつけねば、心を動かすことなど叶わない。

沈黙を返すヴェーダに、俺はさらなる言葉を送り付けた。

「共に在ってくれ。俺達には、お前が必要だ」

「…………戦力として利用したいってだけだろ？」

「違う。たとえお前が無力な子供であったとしても、俺は同じことを言っただろう。過去の俺にとって、お前は信の置けぬ敵に近いものだったが、今は──」

「変わらないよ。今も、昔も」

聞く耳を持たぬと言わんばかりに、発言を遮って。

そのとき、ヴェーダの背後に見上げるほど巨大な何かが、顕現する。

《魔導機兵《ゴーレム》》。魔学と科学の融合によって生み出された、絶大な兵器の一つ。

まさに鐵《くろがね》の城といったそれが胸部の装甲を開く。主人を、招くかのように。

「本質的には、何も変わってない。ワタシ達の関係は、あの頃からずっと——」

敵同士のままだと。瞳を揺らめかせながら、それでも断言して。

ヴェーダは後方へと跳び、《魔導機兵《ゴーレム》》の内側へ。搭乗と同時に、展開されていた胸部が閉塞。前後して、《魔導機兵《ゴーレム》》の双眸《そうぼう》が妖しげな光を放った。

「ワタシ達の道は、もう分かたれてる。それを弁《わきま》えないというのなら……君達の旅路は、ここで終わりだ」

鉄人の総身から、激烈な圧力《プレッシャー》が発露した。

そして——

「潰れろ」

冷然とした声が耳に入るのと、急接近した敵方が拳を振り下ろすのは、まったく同じタイミングだった。

落雷の如《ごと》き一撃。まともに貰《もら》えば大ダメージは必至。

されど……そうであるがゆえに、俺は回避を選択しなかった。

直撃する。この身を叩《たた》き潰さんとする拳は、しかし我が額に衝突すると同時に停止し、全身を粉砕するまでには至らなかった。

さりとて。

「……あぁ、想定よりもキツいな。これは」

生来の頑強性など容易《たやす》く貫通し、霊体にまでダメージが刻まれている。

貰い続けたならいずれ、この俺でさえ消滅へと至るだろう。

だが。

「どうしたヴェーダ。打ってくるがいい」

迎え入れるように両腕を広げてみせる。この行動に、相手方は当惑の声を出した。

「何、考えてんのさ……!?」

「俺はここへ、戦いに来たわけではない」

回答を送る。腕を広げたまま、胸を張りながら。自身の本気を、見せ付けるように。

「目的はあくまでも、お前との対話だ。ゆえに、こちらは一切の手出しをしない。出すのは言葉だけだ。これに対しどのように受け返すかはお前に一任する。俺はそれを拒まない」

言葉に宿る想いを、ヴェーダは正確に認識してくれただろうか。

即《すなわ》ち……お前を取り戻すためならば、我が命さえ惜しくはないのだ、と。

それほどに、お前という仲間を大切に思っているのだ、と。

「…………馬鹿じゃないの」

苛立《いらだ》ったような声と共に、再び拳を打ち下ろしてくる。

再びの直撃。筋骨が激震し臓腑《ぞうふ》が破裂する。なれど、俺は不動を貫いたまま、

「メフィスト＝ユー＝フェゴールはお前にとって、父も同然なのだろう。それを大切に思う気持ちは理解出来る。だが……お前は、奴《やつ》の想《おも》いを考えたことがあるのか？」

ヴェーダの返答はやはり、拳であった。

これも躱《かわ》すことなく受け止めて、俺は次の言葉を放つ。

「俺にとって、奴は不愉快な存在だ。その姿を想像しただけで虫酸《むしず》が走る。だが……愛する者への感情は本物であるという、その一点だけは、奴が有する美徳だと考えている」

四度目の打撃。頭蓋が割れ、額から鮮血が溢《あふ》れ出る。

されど、流るる紅が目に入ってもなお、俺は相手の姿を見つめたまま、

「奴が、お前に対し、共に在ってくれと頼んだことがあったか？　……ないだろう。なぜならば、お前という存在が奴を救うことはないからだ。むしろ傍《そば》に在ることで、奴は苦しむことになる。壊したくないものを、壊してしまいたいという欲求。これに耐え続けねばならんのだからな」

ここで、ようやっと。

「……うるさい」

拳だけでなく、声が。

ヴェーダの口から、受け答えの声が、紡《つむ》ぎ出された。

「わかってるんだよ、そんなことは……！」

鉄拳を落としながら言葉を放つ。まるで、血を吐くように。

「あの人の傍に立つことが、何を意味しているのか。あの人が、どう思うのか。全部わかったうえで、ワタシは……！」

拳の重みが増していく。一撃貰う毎《ごと》に、意識が遠のいていく。

だが、それでも。

「理解しているというのなら。どうして奴の想いを汲《く》まない？……お前の存在を望み、共に歩んでいけるのは俺達だけだ、ヴェーダ・アル・ハザード。決して、あの男ではない」

拳を受け止めながら、俺は強い感情を声に乗せて、あいつに叩き付けた。

「親とは常に子のもとから離れていくものだ。その末にお前が身を置くべき場所がどこにもないというのなら、好きにすればいい。だが、そうでないのなら。親の想いを汲み、己が在るべき場所へと進まねばならない。それが奴に対する愛情の返し方というものだろう」

帰ってこい。戻ってこい。お前の居場所は、俺達の中にあるのだと。

そんな想いは確《しか》と伝わったはずだ。

ゆえに……振り下ろさんとする拳が、止まった。

「ワタシ、は……」

揺れ動いている。メフィストへの感情と、俺達への感情。

消えゆく親の傍に、最後まで共に在りたい。初めて出会えた仲間達と、輝くような未来を迎えたい。いずれも本物の願いだからこそ、ヴェーダは苦しんでいる。

そして。懊悩《おうのう》の末に、あいつが出した答えは。

「う、ぁ、あ………ぁぁああああああああああッ！」

絶叫。それは、思考を放棄した証《あかし》。

最高の頭脳と評されしヴェーダ・アル・ハザードでも、この対話への結論だけは、出すことが出来なかったのだろう。

振るう鉄拳も、なんのためのものなのか。もはや当人でさえわかってはいない。

それを正すべきは──と、考えた瞬間。

「そこまでだ」

来た。

俺が、その姿を脳裏に描くと同時に。

あの男が、メフィスト＝ユー＝フェゴールが、来た。

「っ……!?」

《魔導機兵《ゴーレム》》の内側から、ヴェーダの吃驚《きっきょう》が飛んでくる。

果たして、振るわれし鉄拳は我が目前にて止まり……

刹那、突き出した《魔導機兵《ゴーレム》》の腕部が、粉微塵に砕け散った。

他ならぬ、メフィストの手によって。

「師《せん》、匠《せい》……？」

当惑の声を無視して、メフィストは《魔導機兵《ゴーレム》》へと右手を向ける。

その途端、鐵《くろがね》の城はバラバラに分解され、内に居たヴェーダが、その姿を曝《さら》け出した。

「っ……！」

きっと奴の意図を察したのだろう。何かを言おうとするが、しかし。

それよりも先に、メフィストがヴェーダの目前へと転移し、そして。

「悩んだよ。本当の本当に、悩み抜いた」

矢継ぎ早に言葉を重ね続けていく。ヴェーダのそれを封じるかのように。

「衝動に応じて君をこの手で……というのもアリだと思った。どんな結末を辿《たど》ろうとも、君を含めて全員が消え去ってしまうわけだからね。だからもう、我慢しなくてもいいんじゃないかって。そう結論づけたのだけど…………やっぱ僕は、気分屋だなぁ」

どこか諦観めいた情を微笑に宿しながら、メフィストは言った。

「殺したい相手を、どれだけの期間、殺さずにいられるか。この挑戦と実験は最後の最後まで続行する。とりあえず今は、そんな気分だよ」

そして奴は、愛弟子《まなでし》へ呪詛《じゅそ》の魔法を掛けた。

額にかざす掌《てのひら》から、暗色の霧が漏れ出し、すぐさまヴェーダの頭部へと入り込んでいく。

奴はいったい、いかなる呪詛で愛弟子を縛ったのか。それは――

「――あっ」

叩《はた》いていた。ヴェーダが、メフィストの頬を。

しかしそれは、自ら望んだ行動ではあるまい。

「どう、して」

肩を震わせながら問う。

親も同然の相手へと。もはや敵対することしか出来ぬ、相手へと。

だが奴は答えることなく、ただ穏やかに笑って。

「さて、と。じゃあ僕は帰るよ。気が変わらないうちにね」

自らの真意を明かすことなく。常日頃のようにヘラヘラしながら。

その胸の内に、複雑な情を抱えて。

メフィストは、姿を消した。

「…………師匠《せんせい》」

頽《くずお》れ、膝をつくヴェーダ。その瞳から、大粒の涙がぽろぽろと零《こぼ》れ落ちていく。

「奴の気持ちを、汲んでやれ」

震える肩に手を置きながら、俺は呼びかける。

「奴の想いを無下にするな」

メフィストは生来の異常者だ。本気で愛すれば愛するほどに、その者を壊してみたいという好奇心を抑え込むことが出来ない。

そんな狂人が初めて、壊さないという選択をした。

ヴェーダへの情が、生来の歪《ゆが》みに打ち克《か》ったのだ。

「前へ進もう。仲間達と、共に」

言葉をかける。想いをかける。だが……今はきっと、何をしたところで、無駄だろう。

流れ落ちる涙を、止めることは、出来ないのだろう。

「やっぱり、あなたは卑怯《ひきょう》だよ、師匠《せんせい》」

嗚咽《おえつ》混じりの声が、静寂の中に溶けて、消えた——

第一一五話　元・《魔王》様と、次への一手

もし、彼女に逃げ場がなかったなら。その悲嘆はきっと永劫《えいごう》に続くものだったろう。

けれども、ヴェーダにはそれがある。仲間達という逃げ場がある。

ゆえに彼女は、立ち上がった。

「……………それで。ワタシは何をすればいいのかな」

赤く腫れた瞼《まぶた》を擦りながら、ヴェーダが問うてきた。

そこに明確な意志はない。ただ状況に流されているだけ。

どうにか立ち直ってもらいたいところだが、それは容易なことではあるまい。

今は協力の姿勢を見せてくれただけでも、十分といったところか。

「ヴェーダ様。貴女《あなた》の知恵と異能で以《もっ》て、私とこの男、ディザスター・ローグの融合は可能でしょうか？」

彼女は視線を横へずらし、ローグの姿を見る。

普段の彼女であれば、我が同一存在に対して好奇心を爆発させるところだが。

「……存在統合による、総合力の向上が狙いってことだね」

要点だけを察し、それ以外の全てを放棄している。

平常の姿からは想像も出来ぬほどの憔悴《しょうすい》ぶりに、ジニーなどは憐憫《れんびん》を見せたが……自分ではどうにも出来ぬと感じたか、口を出すことはなかった。

「可能か否《いな》かと言えば。十分に可能だろうね。異なる存在同士の融合はリスクが高いけれど、同一存在なら問題もないと思う」

淡々と口にしてから、ヴェーダは施設へと歩き出した。

我々も彼女に付き従う形で後ろを行く。

その道中。俺はこれからについて、思索を巡らせた。

……やはり気になるのは、この一件を終えた後のこと。

開幕当初、俺はメフィストによる悪趣味な遊戯をクリアしたなら、全てが丸く収まると考えていた。そこに未知の真実などないと、そう思っていた。

だが実際は、上位存在による終末という、あまりにも予想外な真実が待ち受けていた。

……よしんばメフィストを討てたとして。その後、どうする?

この世界は未曽有の危機に晒《さら》されたままだ。そう遠くない未来、次の敵が現れるだろう。

おそらくはメフィストと同格か……それ以上の、悪夢めいた存在がやってくるだろう。

皆はそんな怪物と戦わねばならない。このアード・メテオールが、不在の状態で。

……やはり先々のことを思えば、今からでも計画を変更すべきではないか。

そんなふうに考えた矢先のことだった。

『目先の終末を回避せねば、未来も何もないだろう』

頭の中でローグの声が響く。同一存在であるがゆえに、我が思考を明瞭に読み取ったのだろう。俺は奴《やつ》に対し、思念を送り返した。

『目先の終末を回避した後、次のそれで何もかも終わってしまったなら、どうするのだ』

『……まるで、己が双肩《そうけん》に世界の命運が載っているような物言いだな』

『傲慢と詰《なじ》りたいのなら好きにするがいい。だが貴様とて理解していよう。その言葉が事実であると』

『友の力を信じ、未来を託すという気概はないのか』

『友が大切だからこそ、その未来を守りたいとは思わんのか』

同一の存在でありながらも、俺達が歩んだ道は異なるものだ。

そのためか、意見の不一致がよく目立つ。

『そもそも貴様の懸念《けねん》はそれ自体がナンセンスだ。出口が用意されていない迷路を彷徨《さまよ》ったところで仕様がなかろう』

痛いところを突いてすぐ、奴は追撃するように、思念を送り付けてきた。

『確かに、俺か貴様、いずれかが残るといった結末が望ましかろう。だが』

『……あぁ。俺達が融合を果たし、その力を倍加させねば、策が実行出来ぬ』

『そうだ。その時点でもはや、我々に別の選択肢などない。対案が見出《みいだ》せぬ以上、貴様の思考は時間の浪費でしかないということだ』

ローグの言葉には淀《よど》みがなかった。そこには固い決意の情だけが、あった。

『皆が歩む道は今、すぐ目前にて断絶された状態にある。俺達はそれを、ほんの僅かに修復し……消えるのだ。そこから先は、仲間達が自らの手で切り拓《ひら》くだろう』

皆への信頼。それはこのアード・メテオールとて抱いている。だが、それでも。

『案じずにいられようか。皆の未来を。俺を孤独から救ってくれた者達の、人生を』

これ以上は感傷に過ぎぬと判断したのだろう。

『女々《めめ》しいぞ、アード・メテオール』

これ以降、奴との対話は途絶えた。

……たとえ女々しかろうとも、思索を止めることは出来ない。

最善の結果をもたらす、そんな策を編み出すために。

だが結局、その糸口さえ見えぬまま、状況は進展を続けていき……

「完成したよ」

俺とローグを融合させるための魔道具が、ヴェーダの手中にて煌《きら》めきを放っていた。

それは二つの指輪。その使用法を、彼女は簡潔に説明する。

「両者がこれを嵌《は》めて、宝玉同士を合わせ、魔力を込めれば、それで完了」

やはり淡々と語ってから。指輪を渡してくる。

ローグはそれを躊躇《ためら》いなく嵌《は》め込んだが……俺は少々、時間が掛かった。

『いい加減、観念しろ』

再びの思念。……もはや是非もなし、か。ローグの言う通り、仲間達の力を信じ抜くしかない。彼等《かれら》ならばきっと、この俺が居なくなった後も安泰である、と。

俺は意を決して、己が指にそれを嵌め込み……

「やるぞ、ローグ」

「あぁ」

融合する。

皆の未来を。断絶された道を。ほんの僅かながらも、修復するために。

突き出した拳が奴のそれへと向かう。果たして、俺とローグが――

一体化するという、直前。

「《《空白埋めし殉職者《クローバー・フィールド》》》」
第三者の声が。巌《いわお》のような、その声が。場に響くと同時に。
攻撃の気配。唐突に訪れた事態を前にして、我が頭脳が超高速の回転を見せた。
無限のように引き延ばされた一瞬。その間に、俺は膨大な思考を積み重ね、そして。
「……見えたぞ。最善の道が」
反射的に動こうとする自らの肉体を、自己意思で以て抑え込む。
そうしながら、俺は襲撃者の姿を見た。
ライザー・ベルフェニックス。
その手に握られた巨大なメイスが、こちらへとやって来る。
完全にして完璧な不意打ちに、皆が焦燥感を発露する中。
おそらく俺だけが、奴の瞳を平常の心持ちで、見つめ続けていた。
果たして、メイスによる打撃がこの身を襲った瞬間。
我が意識は、闇へと呑《の》まれたのだった――

閑話　いじけ虫は差し伸べられた手を握れない

「とりあえず、一段落といったところかな」

ラーヴィル国立魔法学園。その広大な敷地《しきち》の一角に設けられた、屋外カフェテリアにて。

座席の背もたれに体重を預けながら、メフィストは紅茶を口に含んだ。

口元に微笑を浮かべ、悠然と振る舞う姿は、表面だけを見れば威風堂々としたものだが
……イリーナには今の彼が、泣き出しそうな子供のように見えていた。

「あんたは、どうして――」

「そんなことより。仲間の心配をしなくてもいいのかな？」

彼の言う通り、皆のことは気になる。

ライザーに奇襲され、意識を失い、拉致・誘拐されたアード。

取り残され、困惑する面々。

遠望の魔法によって形成された大鏡に映るそれらは確かに、気がかりなものではある。

だが今は、それよりも。

「……あんたのことが、わからなくなった」

メフィストという存在に対して最初に抱いた印象は、邪悪の一言であった。

世の残酷を前にして手を叩《たた》き、悲惨を嗤《わら》い、混沌《こんとん》の中に愉悦を見出す。

その人格は悪魔めいたもので、理解など出来るはずもないと、そう思っていた。

だが……ヴェーダに対する彼の行動は、娘を思いやる父親のようで。

「あんたは本当に、世界を壊すつもりなの？」

共存不能の怪物。その大前提がイリーナの中で、覆《くつがえ》りつつあった。

「君の優しさは実に心地が良いけれど……だからこそ、厭《いや》になるんだよ」

口元には普段の微笑を浮かべたまま。

しかし、ヴェーダとの一件で心模様が乱れたのか。

メフィストは普段のふざけた調子ではなく、どこか湿り気のある口調で、語り始めた。

「君達が《邪神》と呼ぶ存在は総じて、異世界からの来訪者だ。僕もそのうちの一人さ」

「……そういえば、そんな話をしてたわね。あんた達の世界も、神を自称する存在に滅ぼされた、って」

「うん。だから僕達は、この世界へと逃げ込んだ。多くの人々を犠牲にして、ね。……その中には、僕の友達も含まれていた」

友達。

その言葉にイリーナは目を見開いた。

「素直だなぁ、君は。……こんな僕でもね、あっちの世界じゃ何人か友達が居たんだよ」

過去を懐《なつ》かしむように、メフィストは空を見上げ、言った。

「僕は好奇心を抑え込めない。だから、好意を抱けば抱くほどに、その相手を壊したくなる。その結果がワンパターンな感情の発露だったなら興味も失《う》せるのだけど。でも実際は、壊す度にまったく違う感情が湧き出てくるものだから、飽きることがない。飽きることがないから、永遠にそれを繰り返す」

けれど、と前置いて。

メフィストは微笑《ほほえ》んだ。その脳裏に、誰かの姿を思い浮かべながら。

「あの世界には、僕でさえ壊せないような相手が何人も居たんだ。彼等のおかげで、僕は毎日が幸せだった。全力を出しても壊れない。むしろこっちが叩きのめされてしまう。そんな日々はまさに黄金のように眩《まぶ》しくて……だからこそ、今が辛《つら》くて仕方ない」

紅茶を口に含むメフィストの美貌には、強い諦観の色が宿っていた。

「ねえ、イリーナちゃん。想像しておくれよ。仮に僕が君達の味方となって、世界の終《しゅう》焉《えん》に抗《あらが》ったとする。その試みは見事成功し、世界は平穏を取り戻した。……さて。そうなった後、笑い合う君達の中に、僕の存在を入れ込むことが出来るかな?」

言葉に詰まった。

どのような存在も受け容《い》れるイリーナの巨大な器でさえ、メフィスト＝ユー＝フェゴールという名の邪悪には拒絶反応を起こしてしまう。

「ほらね。僕とは相容《あいい》れないだろう?」

「……あんたが、悪いんじゃないの」

「あぁ、そうさ。自業自得《じごうじとく》だとも。生まれ持った業《ごう》に灼《や》かれて苦しむのは、僕が背負った宿命というものさ。それは理解しているよ。でもね——」

悔しいんだよ。

寂しいんだよ。

厭になるんだよ。

この人生における、何もかもが。

だから。

「僕の動機はそれだ。今回の一件を始めたのは、全てがそのためさ。僕はもう疲れたよ。業の炎に灼かれるのも、受け容れたフリを続けるのも、全部。だから、終わらせたいのさ。僕にとって、一番幸せな形で、ね」

メフィストの本心は、しかし、十全に伝わったわけではなかった。

何を企《たくら》むのか。いかな結末をもたらさんとしているのか。

いずれも不明なままだが……一つ、理解出来たことがある。

この男は。メフィスト＝ユー＝フェゴールは。

（あたしじゃ、救えない）

（救いようが、ない）

絶対的な存在であるがゆえの孤独。それだけなら諦観することはない。

あのアード・メテオールが好例であろう。彼とて規格外の絶対者であり、そうだからこその孤独を抱えていたが、今や多くの仲間に囲まれている。

心の在り様一つで、人を取り巻く環境というのは変化するものだ。

……しかし。

その孤独が、歪《ゆが》んだ心によるものだったなら。

その歪みが、決して治せないものだったなら。

もはやイリーナは、メフィストを相手に戦うことしか出来ない。

大切なモノを守るために、立ちはだかることしか、出来はしないのだ。

（もし、こいつを救えるような人が居るとしたなら、それは）

歪みを受け入れながらも、その邪悪を寄せ付けず、むしろ叩きのめしてしまうような存在。同じ痛みを知りながらも、容赦なく、対等な立場で殴り合うような存在。

……たった一人だけ、当てはまる者が居た。

その姿を頭に浮かべると同時に。

「申しつけられた仕事、果たして参った」

厳かな声が耳に届く。

振り向いてみると、そこには二人の男が居た。

一人はライザー・ベルフェニックス。

戦闘の爪痕を全身に刻んだ老将。その隣に立つ、もう一人の男は。

「アードっ……！」

痛々しい、友の姿。

呼びかけても、応答はない。

虚《うつ》ろな青い瞳で、彼は虚空《こくう》を見つめ続けていた――

第一一六話　元・村人Aによる、現・村人A救出作戦

「……およそ、これ以上はない、完璧な奇襲だったな」

ラボラトリーの一室にて、アルヴァートが苛立《いらだ》った様子で呟《つぶや》いた。

「二人の融合を見届けた後、僕は合流していない二人のことを議題に、話をしようと考えていた。……オリヴィア、君もそうだろう？」

「うむ。シルフィー・メルヘヴン、そしてライザー・ベルフェニックス。奴等《やつら》に関して、どのように行動すべきか、考えていた。それは即《すなわ》ち……」

「あぁ。心に空白が出来ていたと認めざるを得ないね。問題が一段落したことで、やっと余裕が出来たと、そんなふうに考えてしまった」

その隙を、見事に突かれたというわけだ。

とはいえ相手が常人であったなら、容易に捌《さば》いていただろう。

ライザー・ベルフェニックスでなければ、出し抜かれるようなことはありえなかった。

「ローグ。君は現状をどう見る？　……ライザーは本当に、操られていると思うか？」

「……正直なところ、判断が付かぬ」

「であれば、最悪の事態を想定して動くべき、か」

アルヴァートの言葉に、オリヴィアは小さく頷《うなず》いて。

「ライザーは敵方に回っている。そのように考えたうえで、今後の方針を決めよう」

それから彼女はローグへと目をやり、一つ問うた。

「アード・メテオールの誘拐。その真意を、貴様はどう考える？」

「おそらく、だが……メフィストは奴《やつ》を玩具《おもちゃ》にしようとしている。完全な洗脳状態へと陥《おとし》れ、我々にぶつけるつもりだろう」

「なるほど。あいつらしい悪趣味な遊びだな」

肩を竦《すく》めるアルヴァート。その隣でオリヴィアが顎に手を当てつつ、言った。

「しかし、アード・メテオールが簡単に洗脳されるとは思えん。そうなるまでには、ある程度の猶予があるだろう」

「で、でしたら。早く、お助けしませんと……！」

ここでローグは自分達の行動方針を明瞭なものにした。

「敵地へ潜入し、アード・メテオールを奪還。それが間に合ったなら、俺の異能で以《もっ》て奴を元に戻すことも可能だろう。だがもし、奴の洗脳状態が完全なものになっていた場合……アード・メテオールの確保から、腕輪の回収へと目標を変更する」

《破邪吸奪の腕輪》。対メフィスト戦における切り札の一つ。

それは現在、アードの右手首に装着されている。

もし彼が敵方に操られていたなら、極めて困難な戦いに身を投ずることとなろう。

(……操られていたならの、話ではあるが)

(いくつかある可能性のうち、どれが真実となるのか。まるで読めぬ)

ともあれ。目的は定まった。

その方策についても、ローグには用意がある。

「いいか。まずは――」

全ての説明を終えた後。仲間達が見せた反応はおよそ、肯定的なものが大半だった。

「ひどくシンプルではあるけれど……奸計《かんけい》を練ったところで、通じるとも限らないか」

「うむ。敵方にはライザーも付いている。下手に複雑性を持たせれば勘付かれよう」

エルザードとジニーは無言のまま、視線や表情で肯定の意を示していた。

その一方で。ヴェーダはといえば。

「…………」

床を見下ろし、一言も発することはなかった。

（動ける状態ではないな）

そのように判断したローグは、彼女を慮《おもんぱか》りつつも、厳然とした言葉を投げる。

「ヴェーダ。お前はここへ残れ」

戦力にならない。むしろ、足を引っ張る可能性まである。

それは当人も自覚していたのだろう。反論することなく、ただ首肯を返すのみだった。

（立ち直らせたいところ、だが……かまけてはいられん）

憐憫《れんびん》の情をねじ伏せながら、ローグは皆の顔を見回して。

「……征《ゆ》こう」

飾り気のない言葉にむしろ、凄味《すごみ》を感じたか。

総員、真剣な面持ちで頷き——行動を、開始するのだった。

◇◆◇

「あんた……！　アードに何をしたのッ！」

校庭の只中《ただなか》に、イリーナの怒声が響き渡った。

「憐《あわ》れんだり、怒ったり、と。今日は感情の振り幅が大きくて大変だねぇイリーナちゃん」

ヘラヘラとした笑みは、完全に平常のそれ。

先刻までの悲壮から抜け出したメフィストは、常日頃のように振る舞った。

即ち……人と相容れぬ、悪魔として。

「過去と現在の縁《えにし》。それらが今、この場に集約された状態にある。そう……《魔王》と勇者、そして《邪神》。古代世界という名の物語を紡《つむ》いだ三人の主役。その本人が。あるいは、その末裔《まつえい》が。一堂に会したこの状況で……僕は君達と、対話がしてみたいのさ」

メフィストはライザーとアードに対し、視線で自らの意を伝える。

ライザーには下がれ、と。アードには席へ座れ、と。

それに従う形でライザーは姿を消し、アードは椅子へと腰を下ろした。

三人でテーブルを囲む。

《邪神》。《魔王》。そして、勇者の末裔が。

けれどもそんな状況に、イリーナは感慨など見出《みいだ》すことなく。

「アードっ！　ねぇ、どうしたのよっ！」

青い瞳は虚空を見つめるばかりで、イリーナの存在をまったく認知していない。

正常でないことは誰の目にも明らか。

その元凶であるメフィストは、背もたれに体重を預けながら、己が内心を口にする。

「ハニーには一時的に洗脳状態となってもらったよ」

「洗脳、状態……!?」

「うん。この対話において、腹芸の類いなんか用いてほしくないからね。純粋な本音を引き出すには、これしかなかったのさ」

だから、と前置いて。

メフィストは天使の美貌に、悪魔の笑みを浮かべながら、言った。

「君も本心を語っておくれよ。さもないと――ハニーの体に悪戯《いたずら》しちゃうぜ?」

これ以上はない脅し文句に、イリーナは歯噛《はが》みするしかなかった。

「理解してくれたようで嬉《うれ》しいよ。……下準備も終わったことだし、お茶会を始めようか」

紅茶を口に含み、それから、メフィストは対話の第一声を放った。

「まずはそうだな。イリーナちゃん、君はハニーの正体を知って、どう思った?」

「……最初は、驚いたわよ。でもすぐに、どうだってよくなった。アードはアードだもの。たとえ前世が《魔王》様だったからといって、今の人生には関係ない」

「ふぅ〜ん。友達やめちゃおうとか、思わなかったんだ?」

「当たり前でしょ」

「自分如《ごと》きが釣り合うわけないとか、そんなふうには？」

「……少し前のあたしなら、一瞬、よぎったかもしれないわね」

過去を思い返す。学園に入学したばかりの頃。イリーナは《魔族》を中心とした組織、ラーズ・アル・グールに身柄を狙われていた。

「エルザードに誘拐されて。アードに助けられて。そのとき、二人の戦いを見て思ったわ。こんなの人間業じゃない、って」

アードに畏怖の情を抱いた。それは紛れもない事実だ。

しかし……決して、それだけではなかった。

「恐《こわ》いと思う一方で。あぁ、この人はあたしと同じなんだって、そう思う自分も居た。あたしもアードも普通の人間じゃない。だからこそ、その苦しみが理解出来る」

アードを恐ろしいと思った。けれどそれ以上に、アードを憐れに思った。

この人の強さはきっと、何者も寄せ付けないようなものだろう。

だから、どれだけ周りに人が集まろうと。どれだけ好意を向けられようと。

「並び立つ相手が居なければ、アードはずっと孤独なまま。そう思うと……熱いものが込み上げてきた。この人を独りにしたくない。そこから救い出したい。そんな気持ちが畏れを掻《か》き消して……意地だけが、残った」

なんとしてでも隣に立ってみせる。

そんな気持ちをずっと、胸に抱き続けてきた。そのためだけに、努力を積み重ねてきた。

そして、今。

「胸を張って断言出来るわ。あたしはアードの隣に立ってる。だからこそ、あたしはアードの理解者であり……一番の、お友達よ」

何度も救われた。何度も守られてきた。

だがもはや、イリーナはそれだけの存在ではない。

時には救い、守る。

彼女の眼前に彼の背は既になく。

それは今や、我が身の隣に在るのだと、イリーナはそんな自負を抱いていた。

「ふぅ～～～～～ん」

彼女の言葉に何を思ったのか。

メフィストは目を細め、テーブルに両肘を突きながら、一言。

「……僕の方が、付き合いは長いもん」

まるで張り合う子供のような顔。それをアードへと向けて。

「ねぇハニー。僕と君は本当に、長いこと遊び続けてきたよね」

「あぁ」

「僕と君の間には、ただならぬ因縁がある。そうだよね？」

「あぁ」

「そのうえで、聞きたいのだけど……僕とイリーナちゃん、どっちが「イリーナ」

……

…………問いかけを遮っての回答に、メフィストは全身を固まらせた。

しかし、どうにか気を持ち直したのか。

微笑を浮かべながら、再び、

「僕とイリーナちゃん、ど「イリーナ」

今回はもっと、早かった。

「…………ハニーってば、照れ屋さんだなぁ」

「いや、本心でしょ。あんたが嘘吐《うそつ》けなくさせたんでしょ」

というか、なんなのだ、これは。

何を見せられているのだ。

イリーナは困惑の最中にあった。

「あんた、本当……何考えてんのよ？」

この問いかけに、メフィストは唇《とが》を尖らせ、

「教えてあげませぇ～ん。僕は君のことが嫌いになりましたぁ～」

ふざけているのか、本気なのか、まったくわからない。

何を考えて、こんな茶番に興じているのか。

「じゃあハニー、君は僕のことを」

イリーナが見つめる先で、メフィストが新たな問いを投げんとする──その最中。

激しい破壊の音が、唐突に鳴り響く。

「……思ったより早かったねぇ」

肩を竦《すく》めながら、メフィストは口に出そうとしていたそれを引っ込める。

そして席を立つと、イリーナ、アード、二人の顔を見て。

「──遊んでくるよ。もう一人のハニーと、ね」

◇◆◇

「……許せ、学友達よ」

目前に倒れ伏す数多《あまた》の生徒達へと、ローグは痛切な思いを口にする。

必要なこととはいえ、彼等《かれら》に暴力を振るうのはやはり忍びない。

しかしながら……その甲斐《かい》あって、標的を釣り上げることは出来た。

「生まれた世界が違っていたとしても、君は間違いなくハニーだよ」

校庭の一角。中央広場の只中に、美声を伴って顕現する。

メフィスト＝ユー＝フェゴール。艶やかな黒髪を風になびかせながら、彼は微笑《ほほえ》んだ。

「いやはや。まさかこうも単純明快にやって来るとはね。真正面から乗り込んで、強襲を仕掛け、一気呵成《いっきかせい》に奪還。君達の戦闘能力を思えば、それがベストなのだろうけど……決断するには勇気が必要だ。何せ僕とぶつかり合うことになるのだから」

ローグ、エルザード、ジニー、オリヴィア、アルヴァート。

五人がかりでメフィストを相手取り、どうにか隙を作って一名が突破。アードの身柄を確保、あるいは腕輪を奪い取って脱出。

と、メフィストはこちらの策をそのように捉えているのだろう。

「……下手な小細工など貴様には通用しない。それならばいっそ」

「馬鹿になろうと思い立ったってわけだ」

くすくす笑いながら、メフィストは両腕を広げ、

「それじゃ、遊ぼうか」

宣言と同時に猛攻を仕掛けてくる。

浮かび上がる無数の魔法陣。極彩色《ごくさいしき》のそれらが次の瞬間、膨大なエネルギーを放った。

属性攻撃の雨あられ。火が、水が、雷が、一直線に降り注ぐ、

「《メガ・ウォール》……！」

防壁の魔法で以《もっ》て、ローグは味方陣営全体を保護。

殺到する破壊力の嵐を持ちこたえながら、呟《つぶや》く。

「やはり前回のようにはいかん、か」

それはほんの少し前のこと。人格を改変されたオリヴィアを救い出すという過程において、ローグはメフィストを圧倒してみせた。

とはいえ、アレは所詮、分身に過ぎず、本物とは比べるべくもない。

「抑え込める時間はせいぜい数秒程度。しかし、それだけあれば」

今、己が実行している策とは別のそれに対し、確信めいたものを抱く。

即《すなわ》ち……我が身一つあれば、メフィストは討てるのだ、と。

しかしその過程において今、問題が生じている。

これを解決するためにも、ローグは背後にて控える仲間達へと指示を出した。

「メフィストの魔力は無尽蔵だ。待ったところで攻勢は止《や》まぬ。よって個々人を防壁で護《まも》り、降り注ぐ属性攻撃の中で動作出来るようにする。その後は……各自、好きに動け」

このメンバーに対し連携など期待するだけ無駄だ。

個性の突出、あるいは噛《か》み合わぬ力量差が、チームワークを許さない。

ゆえに期待すべきはスタンドプレーの連続と、その組み合わせといったところか。

「さぁ………征《ゆ》けッ！」

事前に告知した通り、仲間達の全身を守護魔法で覆い尽くす。

うっすらと輝く皮膜を纏《まと》うと同時に、皆、躊躇《ためら》うことなく踏み込んだ。

ローグ以外の四名が展開された防壁から抜け出し、飛来する属性攻撃の群れへと身を投じていく。守護膜によって熱、冷気、電流、ことごとくを無力化し、そして――

「疾《シ》ィッ！」

瞬《また》く間に距離を詰めたオリヴィアが、裂帛《れっぱく》の気迫と共に斬撃を繰り出す。

見事な太刀筋であった。並大抵の相手ならば剣閃《けんせん》を認識することさえなく斬り伏せられていただろう。だが……相手は《邪神》である。

「おぉっと危ない」

黄金色の瞳には対手の一撃がスローモーションのように映っているのか。

余裕綽々《よゆうしゃくしゃく》といった様子で、メフィストはオリヴィアの剣を回避してみせる。

そのまま後方へと跳躍し、距離を離した──瞬間。

「死ね」

側面より、アルヴァートが漆黒の炎を放つ。

横合いから殴りつけるようなそれは、まさに完璧な不意打ち、だったのだが。

「ほほ〜い」

ふざけた声を出しながら、笑みさえ浮かべて、メフィストは背後へと倒れ込む。

そうしてブリッジの体勢となりながら、黒炎を回避……し切れなかった。

「熱《あっ》つ⁉　お腹熱《なかあつ》っ⁉」

やや掠《かす》めた腹部を押さえながら、地面を転がり回る。

道化めいた姿だが、どこまでが本気でどこまでが芝居かわからない。

いずれにせよ。彼女は止まらなかった。

そのとき、天空にて金色の魔法陣が展開する。

エルザードによる追撃の一手であった、が……

「消し飛べッッ！」

「お断りしまぁあああああああああああすッ！」

叫び、そして、

「ちょいさぁッ！」

両足を天へ向け、旋回。ただ足を回すという、それだけの動作が瞬間的な竜巻を生み、エルザードの一撃を掻き消してしまった。

あまりにも出鱈目《でたらめ》な戦闘能力。だが、それに怯《ひる》むことなく、ジニーは紅槍《こうそう》を構え、

「こ、のぉッ！」

真紅の稲妻を奔《はし》らせた。

まさに神速の一撃。なれどメフィストの動作はさらに上を行く。

速度も。そして、発想も。完全に斜め上であった。

「いただきま～す！」

なんと口を大きく開けて、電撃を迎え入れ……

「あぼぉうっ⁉　しぃ～びれるぅ～！」

紅《あか》き稲妻を文字通りに食らって、全身をビクつかせる。
あまりにも馬鹿馬鹿しく、ふざけきった姿。
その背中へとローグは忍び寄り、そして。
「隙だらけだ」
手元へ召喚した剣を突き立てんとする。
おそらくはこれも躱《かわ》されるだろう。さりとて、問題ではない。
これは討伐戦ではなく、ただの足止めに過ぎないのだから。
メフィストがこちらに釘付《くぎづ》けとなっているなら、その時点で勝ちも同然である。
ローグは刃《やいば》を奔らせながら思う。
（せめてあと三〇秒稼げたなら）
闘争の最中にあって、彼の集中は散漫であった。
……それがいけなかったのか。あるいは、最初から何もかも失敗していたのか。
「う～ん。遊ぼうと言った手前、心苦しいのだけど」
鋭い刀身が背後にて迫る中、メフィストはボソリと呟いた。
「やっぱコレ、つまんないね」
一拍の間を置いて。メフィストの背に、刃が突き刺さる。

躱すものと思っていたローグには、敵方の判断はまさに想定外。

肉を裂き、骨を断った、その感触を手元にて味わいながら、メフィストの背中を睨《にら》む。

その視線を受けて、彼は深々と息を吐いた。

「再現レベルは高かったけれど……それでも、騙《だま》し通せるもんじゃないよ」

指をパチリと鳴らす。ただ、それだけのことで。

ローグ以外の全員がその身を破裂させ、消し飛んだ。

バラバラに四散する肉体。それが次の瞬間、煌《きら》めく粒子へと変化する。

彼等が本物ではなく、魔法によって精巧に作られた分身であることの証《あかし》であった。

「偽物《にせもの》相手じゃあ楽しめないよ。……まぁ、僕も文句を言えた立場じゃないんだけどね？」

舌を出して、小さく笑う。

まさか。と、そう思った矢先のことだった。

ローグの予感を証明するように。

メフィストの全身もまた光の粒子となって、消え失《う》せた――

◇◆◇

ローグが提案した策略は極めて単純な陽動であった。

彼が単身、工夫を凝らしてメフィストを足止め。その間に皆でアードのもとへ向かい、身柄の奪還、もしくは腕輪の奪取を試みる。それが策の全貌であると、皆が信じていた。

だからこそ今、全員が思う。

――我々は失敗したのだ、と。

隠密《おんみつ》行動の末にアードのもとへ到着するまでは、なんの問題もなかった。

校庭の一角にて設けられた屋外カフェテリア。そこで彼を発見すると同時に、イリーナまで見つけ出したときは、一挙両得の状況に喜びを見出《みいだ》してもいた。

アードだけでなくイリーナをも救い出す。

エルザードやアルヴァートなどは特に意気軒昂《いきけんこう》となったが……そのとき。

「もしかして僕、舐《な》められてるのかな？」

側面より、声が飛んできた。

その美声は紛れもなく、メフィストの口から放たれたもので。

事実彼は、そこに居た。

「そんなことはないと思うのだけど……でもなぁ～、これ以上の何かを用意している感じもないしなぁ～。ハニーが何を考えているのかちょっと読めないねぇ～」

首を傾《かし》げつつも、その唇は楽しげに笑んでいる。

そんな彼の後ろにはライザーが立ち、敵方であるこちらを静かに見据えていた。

「メフィストッ！　皆に手を出したら、容赦しないわよッ！」

座席から立ち上がり、険しい顔で叫ぶイリーナ。

一方でアードは依然、席に座り込んだまま、虚空《こくう》を見つめ続けていた。

「イリーナちゃん。君に嫌われたら、僕はきっと心を痛めるのだろうけど……たぶん今はまだ、それほどでもないんだろうね」

そのときが来たなら躊躇うことなく実行する。

メフィストの表情と言葉には、そうした意図が込められていた。

「っ……！　皆、逃げて！　あたしがこいつを抑えるから！」

踏み出し、そして。

「来なさいッ！　ヴァルト＝ガリギュラスッ！」

天へと掲げられた手元に、そのとき、稲光を伴って、一振りの剣《つるぎ》が現れた。

三大聖剣が一、ヴァルト＝ガリギュラス。白銀に輝くそれを構えながらイリーナは叫ぶ。

「何してんのよ、皆ッ！　早く逃げなさいッ！」

鋭い叱咤《しった》を、しかし……誰も、聞き入れようとはしなかった。

むしろ皆、心の内に勇気を滾《たぎ》らせ、

「逃げろだって？　このボクに、よくもまぁそんなことが言えたもんだね」

「貴女《あなた》を置いて逃げられるわけないでしょう……！　ミス・イリーナ……！」

「うむ。囚《とら》われの教え子を前にして尻尾を巻くなど、断じてありえん」

「皆、君のために命を擲《なげう》つ覚悟でここに居る。僕も例外じゃあない」

イリーナの想《おも》いに全員が自らの意を突き返す。

まっぴらごめんだと。

「あ、あんた達……！」

仲間に対する熱い感情と、そうだからこその焦燥が、イリーナの心を灼《や》かんとする。

メフィストはそんな彼等《かれら》の姿勢に対し、パチパチと手を叩《たた》き、

「麗しの友情ってやつだねぇ。実に感動的だよ」

嘆息。そこに込められた情は羨望《せんぼう》と憧憬、そして……嫉妬。

メフィストは侵入者四名を指差しながら、言った。

「ハニーが何を考えているのか。この先があるのか、ないのか。それを知りたいのなら……君達を打ちのめすのが、一番手っ取り早い」

逃がさないよ？　そんなふうに笑う悪魔を前にしてもなお、臆病風に吹かれた者は皆無。

生きてここから脱するのだ。大切な友を連れて。

そんな気持ちを打ち砕かんと、メフィストが一歩を踏み出した……そのとき。

彼にとっての生き甲斐《がい》が訪れる。

何もかも意のままに操作可能なメフィストにとっては、希《まれ》に発生するそれだけが唯一の娯楽といっても過言ではなかった。

完全無欠の想定外で悪魔の心を揺さぶらんと、彼女がやって来る。

天空にて、落下の軌跡を描きながら。

一振りの聖剣を握り締め。

「――だわっしゃあああああああああああああッッ！」

独特の雄叫《おたけ》びを上げて。

シルフィー・メルヘヴンが、やって来る。

「うわ、マジか」

漏れ出た声は動揺の証。メフィストは蒼穹《そうきゅう》より来たりし想定外に、動作することが出来ず――《激動》の勇者が繰り出した斬撃によって、脳天を叩き斬られた。

刹那。

「むぅんッ！」

ライザーが動く。手にした巨大なメイスを、闖入《ちんにゅう》者たるシルフィーへ――ではなく。

眼前に立つ悪魔へと、叩き込んだ。

「うわっとぉ⁉」

胸部を強《したた》かに打たれ、華奢《きゃしゃ》な体が派手に吹っ飛ぶ。

その先には彼が立っていた。

密《ひそ》かに《固有魔法《オリジナル》》の詠唱を終え……

勇魔合身、最終形態へと変身を遂げた、アード・メテオールが立っていた。

「こりゃ凄《すご》いサプライズだなぁ」

踏み込んでくるアード。その蒼《あお》き瞳でメフィストを見据え、淀《よど》みない歩調で接近する。

ライザーの一撃を浴びたことで、メフィストは彼の異能に侵されていた。

身動きが取れない。メイスで打った相手を支配し、操作する。その力は《邪神》の肉体さえも縛り付けたが、しかし、さすがはメフィスト＝ユー＝フェゴールといったところか。

「しぃ〜びれぇ〜るぅ〜……けど、問題はないね」

ライザーが有する反則紛《まが》いな異能でさえ、その動きを封じられたのは数秒程度。

一撃浴びれば生殺与奪の権を失うといった絶対的なルールに、己が意を理不尽なまでに押し付け、ライザーの異能をねじ伏せてしまった。

されど。

「十分だ……！」

何もかもがアードの思い描いた通りに動いていた。

握り締めた黒剣を振るう。メフィストはこれに対応せざるを得ない。

先に稼いだ数秒間。そして今、獲得した数秒間。

これだけあれば……あの男が動くに、十分な時間であろう。

「……あぁ、なるほどね。そういうことか」

どうやらこちらの思惑に気付いたらしい。だが、もう遅い。メフィストがアードの黒剣を片腕で止めつつ、そちらを見たときには既に、彼が立っていた。

イリーナの傍《そば》に、もう一人の自分が。ディザスター・ローグが、立っていた。

「えっ」

唐突な事態に吃驚《きっきょう》するイリーナ。現状がまだ噛《か》み砕けずにいる。

ジニーもまた同様であった。めまぐるしい展開に付いていくことが出来ていない。

だが……古代生まれの面々は状況の全てを瞬時に把握し、機敏な動作を見せた。

「合わせろ、阿呆《あほ》トカゲッ！」

「わかってるよ、女男ッ！」

稼いだ時間をさらに延長すべく、アルヴァートとエルザードが結界の魔法を発動。

対象は、アードとメフィスト。両者を閉じ込める強固な檻《おり》が形成されたと同時に。

「……撤退するぞ、ジニー」

「あっ、えっ」

オリヴィアがジニーの体を抱え、遁走《とんそう》する。

周囲一帯には妨害の術式が展開されており、こちらは転移の魔法を使うことが出来ない。

足での移動を強制されている以上、メフィストから逃げおおせることは不可能に近い。

そうだからこそ、アードが作ってくれた好機を、無駄にするわけにはいかなかった。

一足先に退いたオリヴィアを追う形で、ライザーとシルフィーが駆ける。

続いて、アルヴァートとエルザードが追走。
……ローグは、出遅れていた。
困惑するイリーナを抱きかかえたところで動きを止め、アードの姿を一瞥《いちべつ》する。
心に迷いがあった。
──これでいいのか？
──この決着を、受け入れていいのか？
──俺のような失敗者が残り、奴《やつ》が消える。そんな結末で、いいのか？
葛藤によって鈍った判断力。踏み出せぬ二の足。
そうしたローグの心を、そのとき、アードが一喝した。
「貴様はッ！　二度も失敗を重ねるつもりかッッ！」
ハッとなる。
そうだ。優先すべきは世界の命運であり……命よりも大切な、親友と仲間達の人生。
それに比べたなら、全てが些事《さじ》ではないか。
決然たる意志を得て、ローグは駆け出した。その腕の中でイリーナが目を見開く。
「……っ!?　アードっ!?」
動揺し、ローグの腕から逃れんと手足を動かす……直前、彼が発動した睡眠の魔法によって意識を失い全身を脱力させた。

「今度こそ守り抜け」

「……あぁ」

すれ違いざま、一言交わして。

二人のアード・メテオールは、急速にその距離を離していった――

第一一七話　元・《魔王》様と、自己犠牲の結末

ライザー・ベルフェニックス。四天王が一人にして、我が軍随一の智将《ちしょう》。
奴と俺の関係は甘やかなものではなかった。
およそ互いを利用し合うような、冷然としたものだったといえよう。
その本質はきっと、今もなお変わってはいない。
友と呼ぶほど親しいわけでもなく、同胞と認めるほど相手を理解したわけでもない。
だが……信用はある。俺達は間違いなく、互いに信用し合ってはいるのだ。
そうだからこそ、今。俺の策略は完璧な形で、結実の時を迎えようとしている。
――それが始まったのは僅か前。ライザーの奇襲を受けた、その瞬間であった。
誰もが身動き出来ぬ、見事な襲撃。なれど対応不可というわけではなかった。
回避は、十分に可能だったのだ。だが……俺はあえて、そうしなかった。

なぜか？

信用しているからだ。ライザー・ベルフェニックスの力と頭脳を、心の底から信用している。そうだからこそ……この男が己の意思と生殺与奪の権を、二度も同じ相手に奪わせるわけがないと、俺はそう考えた。

以前、俺達は敵として対峙《たいじ》したことがある。

その際、ライザーはこちらを討つための切り札としてメフィストを持ち出し……まんまとしてやられた。その苦い記憶から、奴が何も学ばぬはずもなく。

『よくぞ我が意を見抜いた。さすがであるな、アード・メテオール』

一撃浴びて、奴の異能による支配下に置かれた瞬間、脳裏にライザーの声が響いた。

奴は動揺した我が仲間達と交戦しつつ、再び声を送ってくる。

『其処許《そこもと》も知っての通り、我が異能は支配と強化』

『その副次的な作用として、精神の接続というものがある』

『支配下にある相手と自らの精神を繋《つな》ぐことによって、思念での対話が可能となるのだ』

『無論、言語を介さぬ対話自体は魔法を用いれば可能であるが……』

傍受の可能性を思わば、これがもっとも安全である、と。

『左様。相手はメフィスト＝ユー＝フェゴール。万全を期してもまだ足りぬ』

『我が異能を用いての念話ならば、たとえかの《邪神》であろうとも傍受は出来ん』

言いつつ、ライザーは巧妙な手練手管《てれんてくだ》で以《もっ》て、こちらの身柄を誘拐。

転移の魔法を発動し、その場から離脱した。移動先はラーヴィル国立魔法学園。見知った学《まな》び舎《や》の光景に、二人の姿が溶け込んでいる。一人はメフィスト。もう一人は――

「アードっ……！」

我が親友、イリーナ。困惑を極めた彼女に一言、大丈夫だと言ってやりたい気持ちはあるが、ここは抑えねばならぬ。ライザーの異能によって心身を縛られているのだと、悪魔《メフィスト》に思い込ませるのだ。計略は既に、始まっているのだから。

「――僕は君達と、対話がしてみたいのさ」

奴が視線で命じてくる。ライザーには下がれ、と。俺には座れ、と。

我々はそれに従いつつ、念話を重ね続けていた。

『奴の命令通り、我輩《わがはい》はこの場から消える』

『だが異能を用いての会話は、どれほど距離を離しても問題はない』

『奴に怪しまれぬよう注意しつつ、今後について意見を述べ合うことにしよう』

目前にてメフィストとイリーナの会話が続く中、俺はまず、ライザーの現状を問うた。

〝お前はメフィストの手から完全に逃れている、と。そのように信じて良いのだな？〟

『うむ。このときが来ることは事前に予測が出来ていた。ゆえに前もって対策し、奴の人格改変を免《まぬが》れたのだ』

〝……予測が出来ていた、とは？〟

『かつて我輩は、其処許等を討つための切り札として奴の分身を用いた。その際、封印されていたメフィストと接触したわけだが……この時点で、何かが引っかかっていたのだ』

〝……神が奴に干渉した痕跡を、感じ取ったというわけか〟

『結果的にはそういうことになる。ともあれ、其処許等に敗れ、アルヴァートとの決着が付いてすぐ、我輩の意識はメフィストへ向いた。おそらくはすぐにでも襲撃を仕掛けてくるであろうと、そう直感したがゆえに』

ライザーは言う。本来なら、俺達にも自らの警戒心を伝え、対策をしておくべきであったと。だが奴の動きはあまりにも早すぎて、準備のほとんどが間に合わなかったのだと。

『不幸中の幸いか、我輩とマリアは難を逃れることに成功した。あとは其処許が無事であったなら、逆転の目はあると考えていたのだが……ずいぶんと危うい展開であったな』

〝そこについては、申し開きのしようもない〟

心中にて苦笑し、それから、話を先へと進めていく。

〝事情は把握した。……では、策謀の出し合いと行こうか〟

まず以て、こちらが考案したそれを話す。と、ライザーは一拍の間を置いて、

『ふむ。我輩が思い描いたものと完全に一致しておるな』

〝やはりお前も、同じ形へと至ったか〟

合理性を突き詰めれば、必然的にそこへと辿《たど》り着く。

こちらとしては実行に躊躇《ため》らいなどないが、しかし。

『……其処許は、それでよいのか？』

〝らしくないなライザー。お前は俺の情など、慮《おもんぱか》ることはないと思っていたが〟

『……我輩も、己が発言に当惑しておる。おそらくは其処許等とぶつかったあの一件を経て、何か心境の変化でもあったのだろう』

衝突の結果、知己の縁が結ばれたのか。

〝正直に言えば。お前とそういった関係を築けるとは思っていなかった。……そんなふうに決めつけてしまう性分こそ、我が孤独の決定的な要因であったのやもしれぬな〟

ライザーの変化は未来への希望にも似たものだ。

されど……この男が輪の中へ入る姿を、夢想することはない。

俺にはもう先がないのだから。

〝ライザーよ。もし、お前の中にほんの少しでも、俺に対する友愛の情があるのなら。そ

れは、残された者へと向けてくれ〞
我が仲間達。そして……もう一人の俺。
彼等《かれら》を頼むと、言外に含ませた内容に、ライザーは即答した。
『其処許の覚悟、決して無下にはせぬ』
思念による対話において、虚偽は通じない。互いの情念がそのまま流れてくるからだ。
ゆえに俺は、ライザーに感謝した。奴の言葉には一切の偽りがなかったからだ。
〝……では、策を詰めていこう〞
『うむ。大筋としてはこのままでよかろう。だが……』
〝問題は、この直後に訪れるであろう展開を、いかに乗り切るか。そこに尽きるな〞
『然《しか》り。誘拐された其処許の救助、あるいは腕輪の奪還を狙い、同胞《はらから》達が強襲を仕掛けて来ることは確実。これをいかにして逃がすか』
〝少なくとも、メフィストから数秒の時を奪う必要がある〞
『うむ。それを成すべく……まずは、シルフィー・メルヘヴンに動いてもらう』
〝……あいつも正気を取り戻したのか？〞
『左様。当人曰《いわ》く、リディアの声が聞こえた、と』
〝なるほど。であれば、信用出来るな〞

ライザー曰く、シルフィーが己に掛けられた改変から脱したのは、つい先刻のことだったという。その際、あいつは感情的になり、メフィストを襲わんと息巻いていたようだが。

『直前にて我が異能を食らわせ、引き止めることに成功していなかったなら……おそらく、我々は詰みの状態となっていたであろう』

〝……まったく。最後の最後まで、あいつは俺達を落ち着かせてはくれんな〟

苦い笑いも、しかしどこか心地よい。シルフィーが戻ったことで特に親しい者達は皆、悪魔の呪縛を脱したことになる。それが実に喜ばしかった。

『メフィストにとって、シルフィーの造反は想定外であろう。おそらくは一撃浴びせる程度のことならば可能と見ておる』

〝そこで生じた一瞬の隙を、お前が繋いでいくというわけか〟

『然り。我輩の異能を用いれば、少なくとも三秒は稼ぐことが出来る』

〝そしてさらに、俺が念押しを行う、と〟

『うむ。そこまでやれば、撤退するには十分であろう』

しかし、と前置いてから、ライザーは言葉を重ねてきた。

『アルヴァート、オリヴィア、そしてエルザード。この三人ならば即断・即決の行動が期待出来る。だが……もう一人の其処許は、どうなのだ？　ともすれば奴《やつ》の行動一つで何もかもが台無しになりかねぬぞ』

この問いかけが放たれたと同時に。

メフィストと対話していたイリーナが、次の言葉を口にした。

「胸を張って断言出来るわ。あたしはアードの隣に立ってる。だからこそ、あたしはアードの理解者であり……一番の、お友達よ」

彼女の想《おも》いを受けたことで生じた温かみが、ライザーへの答えだった。

〝……問題はない。奴は自己犠牲《みずからのエゴ》よりも友愛を選ぶ。必ずやイリーナを優先するだろう〟

『であれば、もう一人の其処許が無粋を働くことはない、か』

ここへ残り、俺と共闘し……自らを犠牲にしてメフィストを討つ。

そんなエゴは合理性と友愛によって駆逐されるだろう。

ともあれ。これにて策謀の全てが決定した。


──その帰結が、現状である。


何もかもが思い通りだった。仲間達は皆、脱出し……今、俺は宿敵と対峙している。

「外見なんて無意味なものだと、そう思ってはいるけれど。やっぱりその姿こそ、本当の君って感じだよ、ハニー」

勇魔合身の最終形態において、我が姿は前世のそれ《魔王》・ヴァルヴァトスへと変貌する。

これはまさに究極の切り札、ではあるのだが。

相手はメフィスト＝ユー＝フェゴール。我が最高戦力を以てしてもまだ、心許《こころもと》ない。

だが、今。この身はライザーの異能によって強化された状態にある。

「……変わったよね、君。古代では最後の最後まで、そんな選択はしなかったのに」

メフィストの言う通りだった。ライザーの異能による強化状態は、奴の支配下へ落ちることと同義。ゆえに俺は、決してそれを選ばなかった。

ライザーへの信用はある。だが、警戒心を解くことは出来ぬと、そう考えていたからだ。

けれども。

本気で衝突し、相手への理解を深めた今、俺は迷わずそれを選ぶことが出来た。

「この一件が始まった当初、貴様は言ったな。他者との友愛など無駄の極みだと。それは全てが偽物《にせもの》に過ぎぬと。……俺が得た戦力は、それを否定するためのものだ」

一介の村人へと転生し、足跡を刻み続けてきた。我が力の高まりは、その積み重ねを証明するもの。孤独な《魔王》では決して辿り着けなかった場所に、俺は立っているのだ。

「かつての最終決戦は、憎しみを晴らすためだけに実行したものだった。共に戦う者達への配慮や敬意など皆無。ただただ貴様を苦しめてやりたいと、それだけを思っていた。だが……此度《こたび》の最終決戦は、その真逆」

黒剣を構える我が心中に、汚濁めいた情など微塵《みじん》もない。

紡《つむ》がれた縁《えにし》への純情だけが、胸の内を満たしている。

「メフィスト＝ユー＝フェゴール。俺は仲間の未来を守るために、貴様を討つ」

曇りなき宣言に奴は微笑を浮かべたまま、

「初めて見せる顔だね、ハニー。それもまた素敵だけれど…………実に、不愉快だよ」

黄金色の瞳に宿った嫉妬心は、いかな所以《ゆえん》によるものか。

しかし、たとえそれが善であろうが、悪であろうが……もはや問答するつもりはない。

「フッ……！」

鋭い呼気と共に踏み込んで、接近。

度外れた膂力《りょりょく》が大地を抉《えぐ》り、膨大な土塊《つちくれ》を天へと舞わせた。

音の壁を打ち破ったがための衝撃波が、奴の黒髪を靡《なび》かせる。

「チャンバラごっこがお望みなら、付き合ってあげよう」

手元へ純白の剣を召喚するメフィスト。

そして——衝突。振るわれた刃《やいば》が噛《か》み合うようにぶつかって、激烈な轟音《ごうおん》を響かせた。

「はは。いいね、ハニー。この腕力は想定以上だ」

鍔迫《つばぜ》り合いにおいて、この悪魔が余裕を崩したことはない。

だが……

「震えを見せたな、メフィスト」

ほんの一瞬だが間違いない。奴は我が力に、畏れを抱いたのだ。

行ける。確信と共に、俺は押し込んだ。

「………っ」

口元には未《いま》だ微笑が浮かんだまま、ではあるが。

片手で構えていたメフィストが、次の瞬間、白剣《はっけん》を両手で握り締めた。

「……なかなかの力強さじゃないか、ハニー」

「あぁ。既に貴様など、相手にならん」

さらに押し込んで……突き飛ばす。

宙を舞い、体勢を崩したメフィストを追いすがり、そして。

「ハッッ！」

斬った。華奢《きゃしゃ》な胴を真っ二つに。

……とはいえ。これで終わるような相手ではない。

霊体ごと切断したはずだが、それでも奴は生きていた。

「君に斬られたのは、これで一二八回目だけど……歴代でも一番の痛みだよ、ハニー」

断たれた肉体が瞬時に繋《つな》ぎ合わさって、元通りとなる。

前後して奴はこちらへ掌《てのひら》を向け――アルヴァートのそれに似た、漆黒の炎を放つ。

咄嗟《とっさ》に回避し、そのままの勢いで以《もっ》て、奴の腹を蹴った。

「ごふっ」

苦悶《くもん》と共に吹っ飛ぶ。再度宙を舞ったメフィストを追撃……しようと考えたが、直前で躊躇った。奴の全身から発露した漆黒のオーラが、こちらの足を止めたのだ。

下手に攻めれば終わる。そんな確信を抱かせるようなプレッシャーを放ちながら。

メフィストは、着地と同時に口を開いた。

「認めるよ。君は強くなった。それはさっき君が述べた通り、ヴァルヴァトスからアードへ変わったがために得られたものだろう。……でもね」

言葉を紡ぐ。微笑の中に、悪意を溶け込ませながら。

「認めるのは、力だけだ。そこに込められた想いは否定する。結ばれた絆《きずな》の尊さなんて、僕は絶対に認めない。そんなものは幻想に過ぎないのだから。……今からそれを教えてあげるよ、ハニー」

宣言と同時に、出現する。

俺を取り囲む形で、彼等が。

エラルドを始めとする学友達が、現れた。

「バケモノ……」

「死ね……」

「消え失《う》せろ……」

瞳に満ちた殺意。全身から発露する悪意。

この一件が始まった当初、俺は皆の有様《ありさま》に動揺し、あまつさえ膝を折りもしたが……

「いまさら、こんなものが通用するとでも？」

目前の光景に対し、今、我が心は微塵も揺らぐことはなかった。

「その余裕、どこまで保《も》つかな？」

向かってくる。悪魔の命を受け、改変された学友達が、こちらへと向かってくる。

その先頭に立つは、エラルド・スペンサー。

彼は疾駆すると共に、魔法で以て熱エネルギーを拳に纏《まと》わせ、

「死ねや、七光りぃッ！」

打撃と共に繰り出された台詞《せりふ》に、俺は思わず微笑した。

「……懐《なつ》かしい台詞ですね、エラルドさん」

初めて対面し、決闘した際にも、同じ事を言っていた。

きっとその記憶は、エラルドの魂に刻まれているのだろう。

だから、俺を七光りと呼んだのだ。

メフィストによって改変されてなお、心のどこかでエラルドは俺を正しく認識している。

そんな確信を抱きながら、こちらも身構えて。

「教えて差し上げましょう。本物の打撃というものを」

相手の先制を僅かな動作で躱《かわ》し——叩《たた》き込む。

エラルドの頬を、俺は躊躇《ためら》うことなく殴打《おうだ》した。

「ぐげぇッ！」

悲鳴と共に宙を舞う。後続の面々も同じ末路を辿《たど》ることとなった。

全員、容赦なくブン殴って、綺羅星《きらぼし》の如《ごと》く天上へと吹っ飛ばす。

その姿があまりにも意外だったのか、メフィストは呆然《ぼうぜん》とした様子で口を開いた。

「なにしてんのさ、君」

「肉体言語によるコミュニケーションだが？」

「……友達が、大事じゃないの？」

「くだらぬ質問をするな。友の存在は我が身命をも遥《はる》かに超えて尊い。そんなことは当然であろうが」

「……その尊い存在を、君、思い切り殴ってるけど。それは何を考えての行動なのかな？」

未だ猛然と襲い来る学友達へ拳をプレゼントしつつ、俺は奴《やつ》の問いに受け応えた。

「ない」

「えっ」

「考えなど、ない」

「えぇ……」

理解不能といった表情を、俺は鼻で笑った。

「ここへ至るまでの過程を監視していたのだろう？　ならばわかっているはずだ。俺はもう、ごちゃごちゃ考えることをやめている、と」

殴る。殴る。殴る。

相手の顔面が変形しようが構わない。拳に愛を込めて、迷うことなくブン殴る。

「最初からこうすべきだったのだ。俺はただ、皆を信じていればよかった。皆の魂に我が存在は確《しか》と刻まれているのだと。彼等《かれら》の殺意と悪意は虚飾に過ぎず、ゆえに心乱す理由にはならない。元に戻ってくれと、ことさらに声を張り上げる必要もない」

歩き出す。メフィストへ向かって。それを阻止せんとする学友達を殴り倒しながら。

「……君の考えが、わからない。理屈が通ってなさ過ぎる」

「あぁ、そうだろうな。貴様には永遠にわからぬままだろうよ」

改変されていようが、されていまいが、友は友。

俺達は表面上、争っているように見えるが……魂は繋がっている。

その確信だけを大切にすればいい。それ以外は全て捨て去り、ただ前を見て進むのだ。

そう。俺が見せている姿勢は、無二の親友、リディアのそれだった。

「……《魔王》と勇者、僕は二人を相手取ってるってわけか」

悪魔の顔から余裕が消えた。

それとまったく同じタイミングで。

「アー、ド……」

俺は見た。一つの奇跡を。

メフィストの背後にて、倒れ伏していたエラルドが立ち上がり——

「うぉおおおおおおおおおおおおおおッ！」

雄叫《おたけ》びを上げながら、目前の悪魔へと飛びつき、羽交い締めにする。

「やれぇッ！　アードォオオオオオオオオッ！」

エラルド。エラルド・スペンサー。

やはり彼の心には焼き付いていたのだ。俺との記憶が。俺との友情が。

ゆえに今、彼はメフィストによる呪縛を打ち破り……千載一遇の好機を与えてくれた。

「……っ⁉」

悪魔の美貌に動揺が浮かぶ。生じた隙は途轍《とてつ》もなくデカい。これならば。

「感謝しますよ、エラルドさん……！」

実行出来る。我が策を。最後の一手を。

そのために、俺は全力で踏み込んだ。

「我が身と共に闇へと沈めッ！　メフィスト＝ユー＝フェゴールッ！」

殺《と》った。俺はそう確信する。

殺《と》られた。メフィストはそう確信している。

「嘘《うそ》でしょ……？」

黄金色の瞳に絶望が浮かぶ。次の瞬間には、全てが終わっているだろう。

俺と奴は共に、この世界から消滅しているだろう。

終焉《しゅうえん》を迎える直前、これまでの記憶が走馬灯《そうまとう》のように浮かび上がってくる。

……転生してからというもの、本当に多くの事件に巻き込まれてきた。

思い返してみると、アード・メテオールとしての人生は到底、村人のそれとは呼べぬものだったな。だが……悔恨の情などこれっぽっちもない。

波乱に満ちた生涯だったからこそ、かけがえのない者達と出会うことが出来た。

彼等の未来に幸あれ、と。最後にそれだけを想《おも》い、俺は。

決然たる意志を以て、目前の宿敵を──


「──なんつって☆」


絶望に満ち満ちていたはずの、その顔が。再び、悪魔めいた笑みに歪《ゆが》む。

刹那、俺は悟った。

何もかもが奴の手中にあったのだと。いいように、踊らされていたのだと。

……エラルドは元に戻ってなどいなかった。

彼は脱力し、敵方の拘束を解除。この時点で好機は砂上の楼閣のように崩れ去り……

最悪の結末が、訪れる。

「足りてないんだよ、ハニー」

気付けば、そうなっていた。

倒れ伏している。校庭の土に、身を転がしている。

勇魔合身は解除され、指一本動かせない。

……こんなことが、あってたまるか。

完璧な策だった、はずなのに。

《破邪吸奪の腕輪》。ライザーによる戦力の倍加。我が人生の全て。

あらゆるものを出し尽くして、なお。

「暴力をいくら振るったところで、君のもとに勝利が訪れることはない。だって僕はまだ、二割の力すら出していないのだから」

現実を突きつけながら、奴は膝を突き、身を屈《かが》ませ、こちらの髪を一撫《な》でると、

「世界の命運だとか。仲間達の未来だとか。余計な想いを捨て去って……僕だけを見てよ、ハニー。そうしたなら」

メフィストは言った。

口元に微笑を浮かべたまま。しかし……黄金色の瞳に、懇願めいた情を宿して。

「君は勝利を手にするだろう。そして同時に——この僕が、最終遊戯《ラスト・ゲーム》の勝者となる」

第一八話　元・村人A、決意を再認する

──敗北が知りたい。

《魔王》として生きた頃の末期にて、俺は常にその願いを抱き続けてきた。当時の俺は失った者達の願いを叶《かな》えるためだけに人生を費やし、それゆえに、孤独へと陥ったのだ。

誰も傷付かない世界。皆が笑い合える理想郷。そんなもの、現実的にはありえない。

誰かの幸福は誰かの不幸の上に成り立つ。それこそが人間社会の真理であるがゆえに。

だが、俺は諦観することが出来なかった。

想いを託されたからだ。

去って行った者達の無念がこの身を突き動かし……やがてそれは、暴走へと繋《つな》がった。

そんな俺を止めるべく、かつて肩を並べ合った英傑達の多くが離反。

敵対した彼等を、俺は屠《ほふ》り続けた。

かつての同胞達を一人、また一人と手にかける度、心が磨《す》り減っていく。

ゆえにこそ敗北を願ったのだ。

誰か、俺を止めてほしい。

完膚なきまでに打ちのめして、そして……俺の手を、取ってほしい。

リディアと同じように。誰か、俺を正しい方向へと導いてくれ。

そんな願いは、しかし、終《つい》ぞ叶うことはなかった。

……第三者の目から見れば、《魔王》の孤独は自業自得《じごうじとく》であろう。

だがそれでも、俺は断言する。我が身の孤独は自己責任で片が付くものではない、と。

メフィスト＝ユー＝フェゴール。奴が、俺から全てを奪い取ったのだ。

奴さえいなければ、何も失わずに済んだ。

信頼し合った仲間も。愛した親友も。誰一人、居なくなることはなかった。

誰かが俺のもとから去る度に、悪魔が嗤《わら》う。

〝君の隣に居られるのは、僕だけだよ〟

そんな世迷《よま》い言《ごと》を口にして。

きっとその心は今も、変わらないのだろう。

おそらくは、此度《こたび》の一件もそれが動機になっているのだろう。

我が目前にて。

愉《たの》しげに紅茶を啜《すす》るメフィストの姿を睨《にら》みながら、俺はそのことに気付いた。

鼻歌を口ずさむその表情はまるで恋する乙女のように甘く、その美貌も相まって、表面上は実に魅惑的だが……俺の目には、吐き気を催すほどの醜貌として映っていた。

「何が、そんなにも愉しいのだ、メフィスト＝ユー＝フェゴール」

「アハハハハハ！　わかってるくせにぃ～！」

ケラケラと笑い声を上げる悪魔。その顔面を思い切り殴りつけてやりたい。

心の底から出た願いを叶えるべく、肉体を動かそうとする。

だが、出来なかった。我が身の支配権は今や、この手になく。ゆえに俺は悪魔とテーブルを囲み、談笑の相手をさせられている。

「…………これほどの拷問は、二つとあるまい」

「ふふふふふ。照れ屋さんだなぁ、ハニーは。心の奥底じゃあ喜んでるくせに」

殺したい。あるいは、死なせてほしい。だがいずれも、奴は許さなかった。

……そう。奴の望みは、そのいずれでもないのだ。

敵を殺したいというわけでなく。自分が死にたいというわけでもない。

むしろ、ある意味では実に、前向きな欲求であろう。

「あぁ、やっぱり君は、僕のことを理解してくれているんだね、ハニー」

「……勝手に心を読むな、気持ち悪い」

奴《やつ》の耳にはこちらの暴言が睦言《むつごと》として届いているのか。メフィストは罵倒の言葉を嬉《うれ》しそうに受け入れながら、言葉を重ね続けた。

「やっぱり君だよ。君でなくちゃいけない。イリーナちゃんにも希望はあるのだけど、いかんせん発展途上が過ぎる。今の彼女では、僕の力に耐えきれない」

「……だから、俺なのか」

「うん。君は壊れないからね。心も体も、絶対に」

メフィストが見せた微笑はどこか寂しげで。

それは圧倒的な強者にしか理解出来ぬ孤独であろう。

即《すなわ》ち……奴の寂寞《じゃくばく》を理解し、それを救済出来るのは、きっと。

だが、たとえそうであったとしても。

受け入れがたい。そんなこと、出来るわけがない。

されど……きっとそれこそが、鍵なのだろう。

この戦いに勝利し、皆の人生を未来へと繋ぐためには、覚悟を決めなければならない。

身命を擲《なげう》つことよりもなお困難なそれを抱くことでしか、この一件は解決しないのだ。

「……ふふ。現状の真理を摑《つか》んだようだね、ハニー」

メフィストはこちらの思考を見透かしたように笑いながら、紅茶を啜り、

「二者択一に苦悩する姿も実に愛おしい。やっぱり僕は君の困った顔が一番好きだなぁ」

「………くたばれ、このド畜生が」

罵声を送りつつ、嘆息し、そして。

仲間達の顔を思い浮かべる。

彼等《かれら》はきっと、再び押し入ってくるだろう。その末に訪れる結末を、どう思うのだろうか。選択可能な未来が、総じて絶望的なものに思えてならない。

「……生まれてくるべきではなかったな。俺も、貴様も」

「あぁ。まったく以《もっ》て、その通りだよ」

通じ合う心に吐き気を催しながら、俺は天を見上げ、呟《つぶや》いた。

「──我が身の進退、ここに極まれり、か」

◇◆◇

腕の中で眠る親友。疾走の最中、その顔を一瞥《いちべつ》し、ディザスター・ローグは思索へと耽《ふけ》った。脳裏にもう一人の自分を、思い浮かべて。

……アード・メテオールと自分は同一人物だが、一つ決定的な違いがある。
片や、物語の途中にある男。片や、物語の結末を迎えた男。
この違いが両者の思考に大きな差異をもたらしていた。
そうだからこそ、ローグは思う。
アード・メテオールの判断は理想的であると同時に、大きく間違ったものだった、と。
「……守れと言われ、素直に頷《うなず》いたが、しかし」
そうすべきでなかったと、今は思う。
同一人物ゆえの共感覚が、彼の結末を知らせていた。
「奴も俺も、結局は失敗者、か」
か細い声で呟くと同時に。
「う……うぅ……」
イリーナが目を覚ました瞬間、ローグは停止する。
これに合わせて仲間達もまた足を止めた。
現在地は、平野のまっただ中。
戦地になっていた学園と、それを内包する王都は、既に遥《はる》か遠方となっている。
皆、ここへ至るまで止まらなかった。黙りこくったまま、走ることしかしなかった。

きっと苦悩を抱いていたからだろう。
本当にこれでよかったのか？
そんな考えを紛らわせるために、誰もが体を動かし続けていたのだ。
だが今。きっかけが出来たことで、全員の足が止まっている。
イリーナ・オールハイド。彼女はローグの腕の中で、瞼《まぶた》を開くと、
「ア、アード……!?」
目前に在る男の顔を見て、言った。
あどけない美貌に浮かんだ安堵《あんど》を、肯定してやりたいという気持ちはある。
だが、そんな本心とは裏腹に。
「……俺はディザスター・ローグだ。アード・メテオールではない」
口から出たのは否定の言葉。
罪悪感と自己嫌悪《じこけんお》が、思い通りの行動をさせてくれなかった。
もはや俺は、この娘の親友ではない。ただの失敗者でしかないのだ。
守ることが出来なかった時点で、俺は全ての資格を失っている。
そのように己へ言い聞かせながら、イリーナの身を降ろした。
「………………」

イリーナは周囲を見回しつつ、眉間に皺《しわ》を寄せながら、腕を組んだ。

何事かを考えているような様子。

おそらくは現状を噛《か》み砕き、理解しようとしているのだろう。

その作業が終わると同時に。

「……アードは、自分を犠牲にして、あたし達を助けようとしたのね」

拳を固く握り締め、歯噛《はが》みする。そんな彼女へまず、エルザードが声を掛けた
「確かに、気にくわない選択ではあるよ。でも……そうするしかなかった」

この意見にアルヴァートとライザーも賛同する。

「あいつは未来に希望を残そうとした」

「それを受け取り、前へと進む。我等がすべきはそれであろう」

オリヴィア、ジニー、シルフィーの三人は、沈黙を保っていた。

アードの考えも、それを肯定する者達も、否定してやりたいという思いがある。しかし、その一方で。彼の策を受け入れるしかなかったと、そのように考えている自分も居る。

ご託を並べたところで、アードを見捨ててしまったという現実は変わらない。

その時点で口出しなど出来ぬと理解しているがゆえに、彼女等《かのじょら》は一言も発することなく、苦悶《くもん》の情を見せるだけだった。

「…………」

イリーナは皆の考えを肯定もせず、否定もせず、ただ天を見上げ、

「生まれて初めて、アードを殴りたいと思ったわ」

握り締めた拳を震わせながら、呟く。

「あたし達のために自分を犠牲にする？　……ふざけんじゃないわよ。そんなにも、あたし達のことが信じられないの？」

ローグは胸中にて、イリーナに同情した。

そう、アード・メテオールは結局のところ、究極的には仲間のことを信じてはいない。

口では信じると断言し、それを行動で見せ付けてもいる。

だが……皆に対する愛情と執着が、無意識のうちにそうさせてしまうのだ。

俺が守らねばならない。たとえこの命を擲つことになろうとも。

そうした自己犠牲の精神は表面上、美しいものとして映る。

だがその本質は、傲慢と揶揄《やゆ》すべき感情。

彼は心の奥底で周囲を見下し、何者も頼りにはしていないのだ。

「どうして、一緒に戦おうって言ってくれないのよ」

自分だけで全てを背負うなどと。

それは仲間達を侮辱しているようなものだ。

次の瞬間、行き場のない怒りを解き放つように、イリーナは叫んだ。

「うあぁああああああああああああああああああああッッ！」

周囲一帯に彼女の怒声が響き渡る。

長い長い絶叫は、イリーナが抱えた情念の深さを表すようで。

しかし。

「……ふぅ。スッキリした」

吐き終えたと同時に、彼女は意識を切り換えたらしい。

「じゃあ皆、アードをブン殴りに行くわよ」

腰に手を当て、仲間達の顔を見回す。

一様に浮かぶ当惑。

決着はもう付いただろう？　アードの犠牲によって。

そんな考えをイリーナは否定した。

「間違った道を選んだ人間が、目的地に辿《たど》り着くなんてありえない。だからアードは失敗する。きっと今頃、メフィストに捕まってるんじゃないかしら」

仲間達からすれば、イリーナの言葉は願望に過ぎなかったのかもしれない。

だが、真実を知るローグからすると。

(やはりイリーナは、アード・メテオールの全てを見抜き、理解している)

(さすがは親友といったところか)

彼女への称賛と特別な友愛を抱きつつも、それを面に出すことなく。

淡々と、事実を報告した。

「その言葉は正しい。奴は今し方、メフィストに敗れたようだ」

皆の顔に動揺の色が浮かぶ。

だが、それも一瞬のこと。

彼等はすぐさま己がすべきことを見出《みいだ》し、それを受け入れていた。

「逃げて早々、出戻りか」

「……格好は付かぬが、仕方あるまい」

「メフィストを討つにはアード・メテオールの存在が必要不可欠。ゆえに敵地へ再度乗り込むこと自体は否定せぬ、が……」

顎に手を当てつつ、ライザーはローグを見て、言った。

「まさかまさか、無策で突撃するわけにはいかぬ。そうであろう?」

「あぁ、当然だ。手立ては用意してある。ただ……それを明かすことは出来ん」

反発が起きて然《しか》るべき言動であった。

判然としない策に対し、命を賭けろと言われて、頷く者など居るはずもない。

だが……異議を唱える者など皆無。

誰もがローグのことを信じている。

アード・メテオールのことを、信じている。

「左様であるか。ならばもはや、躊躇《ためら》うことはない」

「……うむ」

「はぁ。やっぱボク達が居なきゃダメダメだな、あいつは」

「なにを友人ヅラしてるんだ、阿呆《あほ》トカゲ。まだそこまで親しくもないだろうに」

「皆で、アード君を助け出しましょう……！」

「ちょうど暴れたい気分だったのだわ！　姐《ねえ》さんもそうでしょ⁉」

決死の戦いに挑まんとしているというのに、弱音や絶望など微塵《みじん》もなかった。

そんな頼もしい仲間達を前にして、ローグはボソリと呟く。

「……俺と同じ失敗をしたな、アード・メテオール」

なにゆえこの身は、失敗者となったのか。

全てを失ってからずっと、考え続けてきた疑問。

その答えが、目前の光景であった。
(俺は最後の最後まで守ろうとした)
(それは即《すなわ》ち、皆を見下し続けたということに他ならない)
(その証拠に……俺は一度さえ、言わなかったのだ)
(皆に対し、一言)
(……助けてくれ、と。そのように言える男だったなら、あるいは)
愚かだったと、そう思う。
守ることに固執し、過《あやま》ちを犯したアード・メテオールと……自分自身を。
結局のところ、ローグも彼の考えを肯定した人間の一人だ。
きっとあの場に残ることこそが、正しい判断であったろうに、そうしなかった。
イリーナを始めとした仲間達と肩を並べ、宿敵と対峙《たいじ》する。
それこそが、選ぶべき道だったのだ。
(アード・メテオールよ。所詮、俺達は賢《さか》しさを捨てきれぬ小物なのだ)
(馬鹿になると宣言し、心に誓ってなお、そこに至ることは出来ぬ)
(だからこそ)
(俺達の隣には、大馬鹿者が必要なのだ)

（リディアのような。そして――）

（このイリーナのような、大馬鹿者が）

かつての親友を重ね合わせながら、彼女を見る。

と、イリーナもまた、こちらを見つめ返して。

「さぁ、行きましょ、アード」

右手を差し出してくる。

これにローグは自然と過去を思い返し……

一瞬、口にしそうになった言葉を飲み込んで、目を背けた。

「俺は、アード・メテオールでは――」

「いいえ。あんたはアードよ。間違いないわ」

言いながら、イリーナはローグの顔を両手で掴《つか》み、強引に目を合わせると、

「さっき、思い出したでしょ。出会った頃のこと」

図星を突かれ、目を見開く。

そんなローグに微笑《ほほえ》みながら、イリーナは言った。

「握手をするときは左手を出しちゃいけない。……今回は、間違わなかったわよ」

存分に褒め称《たた》えなさい！

そんな愛らしい顔に、ローグの頬は自然と緩んでいった。

「……敵《かな》わないな、本当に」

「あったりまえでしょ！　あたしはアードの大親友で！　一番の理解者なんだから！」

久方ぶりに思う。

イリーナちゃんマジ可愛《かわい》い、と。

郷愁に似た情念を噛み締めながら、ローグは確信する。

この娘さえ居てくれたなら。

きっと世界は、安泰であり続けるだろう。

――《魔王》の力などなくとも、皆は存続する。

安堵《あんど》の思いを抱きつつ、ローグは口を開いた。

「征《ゆ》こう。決着を付けるために」

第一一九話　元・村人Aと、決戦前の騒乱

正面突破。

ローグが提示した方針はそれだった。

来た道を真っ直《ま》ぐ《す》戻り、王都へ突入。そのまま学園へ向かい、メフィストと対峙する。

あまりにも直球で、あまりにも無謀。

されど異論を唱える者は一人も居なかった。

もう一人のアード・メテオール《デイザスター・ローグ》を信じている、というだけでなく、そもそも現状を打破する有効策を誰も見出せなかったのだ。

敵は最強最悪の《邪神》。

真っ向勝負も搦《から》め手も一切合切を捻じ伏せてきた、規格外の中の規格外。

その攻略はアードとローグ、二人の元・《魔王》に託されていた。

「……王都が、見えてきたな」

平野の只中《ただなか》に設けられた街道を進み続けた末に、一行は目的地の輪郭を捉えた。

「ここまでの道のりは実に平坦《へいたん》なものであったが」
「あぁ。まさか奴《やつ》が、簡単に進ませてくれるわけがない」
ライザーとアルヴァートのやり取りを肯定するかのように。
次の瞬間、悪魔の声が周囲に響き渡った。
『やぁ皆。出戻りご苦労様』
『攻めたり逃げたりで慌ただしいね、ホント』
『こんなの何回も繰り返したって面白くないし、見逃す度に緊張感が削《そ》がれていく』
『だから、今回の挑戦を最後としよう』
『失敗したなら次はない。正真正銘のラスト・マッチだ』
『僕が消えるか、君達の未来が潰《つい》えるか』
『完全決着と行こうじゃないか』
敵方の声を耳にした瞬間、皆の顔に強い緊張が走った。
その様子を嗤《わら》いながら、メフィストは次の言葉を放つ。
『物事には順序がある。王者との勝負は本来、前座を済ませてから行うものだろう？』
『そういうわけで、君達に相応《ふさわ》しい前座を用意したよ』
『ちゃんと乗り越えて、僕のもとへおいで』

『期待して待っているよ。ハニーと一緒に、ね』

一方的な交信が終わったと同時に。

魔物が出現する。

周囲に、ではない。目的地へと至るまでの道中、その全域を埋め尽くすほどの大軍勢。

地上は当然のこと、蒼穹《そうきゅう》さえも黒く染め尽くすほどの膨大な物量であった。

――されど。誰一人として、怯《おび》えなど見せることはなく。

むしろ悠然とした姿勢のまま。

「はんっ！　決戦前の景気づけには丁度いいのだわっ！」

「思いっきり暴れるわよ、ジニーッ！」

「ええ、参りましょう、ミス・イリーナ……！」

突出する三人の娘。

イリーナとシルフィーは聖剣を、ジニーは紅槍《こうそう》を召喚し、勇ましく斬り込んでいく。

ランペイジ《大暴れ》。彼女等《かのじょら》の躍動はまさにそれだった。

そうした様子を見つめながら、ローグがエルザードへ一言。

「……よいのか？」

「あぁ？　何がだよ？」

「……彼女等の中に、交ざりたいのだろう？」

エルザードは答えなかった。いや、答えられなかったと言うべきか。

輪の中へ入りたいのに、その勇気が出ない。

そんな彼女をアルヴァートは鼻で笑いながら、

「友達作りが下手な奴だな、阿呆トカゲ」

「はぁ!? お前にだけは──」

言葉の途中。

「ミス・イリーナッ！　上から来ますわよッ！」

「……ッ！」

イリーナに危機が迫る。

上空から飛来した小型の竜。ジニーとシルフィーは各自、目前の敵方に手一杯で、援護が間に合わない。このままではイリーナが一撃貰《もら》ってしまう。

──そんなとき、エルザードが動いた。

「そいつに手出しすんなッッ！」

音を置き去りにするほどの踏み込み。

そして、一閃《いっせん》。

間合いを潰す合間に召喚した竜骨剣の刀身が、イリーナを食らわんとしていた竜の首を斬り落とす。

そのままの勢いで、エルザードはイリーナの身を片手で抱え、落下する亡骸《なきがら》から逃れた。

「……怪我《けが》、してないか？」

「うん。ありがとね、エルザード」

「……フン。別に、君を助けてやったわけじゃないし。あのちっさい奴が気に入らなかっただけだし。勘違いすんなよな」

イリーナを降ろしつつの言葉は、刺々《とげとげ》しいものであったが。

「あんた顔真っ赤だけど、大丈夫？」

「はぁ⁉　ぜんっぜん赤くなんかないけどぉ⁉」

「いや、茹《ゆ》で蛸《だこ》みたいになってるわよ？」

「う、ううう、うるさいなぁ！　そ、そんなことより！」

やり取りの最中。

接近してきた魔物の群れを、図太い光線で以《もっ》て焼き払いながら、エルザードは叫んだ。

「こ、この雑魚《ざこ》共を片付けるぞッ！　ボ、ボボ、ボクと、一緒にッ！」

「えぇ！　頼りにしてるわよ、エルザード！」

これを受けて、彼女は。

「～～～～ッッ！」

その顔を一層、赤々とさせ、そして。

「しょ、しょうがないなぁ～～～～ッ！　そ、そこまで言われたらなぁ～～～～ッ！」

開幕する。狂龍王《きょうりゅうおう》を主役とした、一方的な殲滅《せんめつ》戦が。

「…………ボクの格好いいところ、見せてやる」

それはまさに圧倒的な暴力。

地表に。虚空《こくう》に。蒼穹に。数えきれぬほどの魔法陣が展開し――

「消し飛べ、三下共ッッ！」

一斉掃射。

視界を埋め尽くすほどの魔物達を、さらに一段階上の殲滅力によって灼《や》き尽くす。

煌《きら》めく蒼《あお》き光線が瞬《また》く間に敵方を消去していくさまは、まさに圧巻の一言。

これにイリーナは興奮した様子で、

「すっごいじゃないの！　エルザード！」

「っ～！　こ、こんなの序の口だしっ！　ボクの本気は、もっとヤバいんだからなっ！」

調子付いた狂龍王。

その激しい攻勢が、さらなる高まりを見せた。

「すごいすごいっ！　あんたが味方になってくれて、本当によかったわっ！」

「……ボクのこと、味方だと思ってる？」

「当然じゃないのっ！　めちゃくちゃ頼もしい味方よっ！」

「…………ボ、ボクのこと、友、友、ととと、友達、だと、思って、る？」

「あったりまえじゃないの！　肩並べて戦ってんだから！　もう立派なお友達よ！」

「…………………ふへへ」

テンション爆上がりの狂龍王。

爆裂する喜びを表するかのように、攻勢の激しさが秒刻みに高まっていく。

そんな彼女の姿に、元・四天王の面々が一言。

「……なんか気持ち悪いな、あいつ」

「……うむ。なんとも気持ちが悪い」

「右に同じである」

ドン引きの最中も、エルザードの活躍は続き――

結局。平野での一戦は彼女一人で決着が付いてしまった。

「さぁっ！　先を急ごう、皆っ！」

煌めくような笑顔で先導する狂龍王。

その背中を追いながら、再びアルヴァートが一言。

「気持ち悪いなぁ……」

イリーナを除く、全員の総意であった。

ともあれ。エルザードの手によって、道は拓《ひら》かれた。

その後も幾度となく襲撃に遭ったが、さしたる問題もなく、王都へと侵入。

そうした現状に対しライザーが呟《つぶや》く。

「妙であるな」

これにローグが同意を示した。

「あぁ。あまりにも簡単過ぎる」

オリヴィアもまた、胸騒ぎを感じていたらしい。

「……何か、企《たくら》んでいるのだろう」

大通りを進行する。

道中にて、街に住まう人々が襲い掛かってくるといった事態に直面したのだが。

「これしきのことで、心が乱れるとでも思っているのか」

操られた民間人の群れ。その一人を殴り倒し、気絶させながら、ローグは嘆息する。

なんの罪もない相手へ暴力を振るうのは心苦しいが……所詮、それだけだ。

ちょっとした嫌がらせ程度の効果しかない。

「油断するなよ、ローグ。これはおそらく前振りだ」

アルヴァートの言葉に頷《うなず》きながら、ローグはまた一人、市民を殴り倒した。

「……そうだな。間違いなく、何かを仕掛けてくる」

問題なのは、その何かがどういう内容なのか。

思索を巡らせつつ、王都の只中《ただなか》を進んでいく。そして広場へと到着し——

「学園まであともう少しだわ！」

「このまま無事、辿《たど》り着ければいいのですけれど……」

「大丈夫！　何が来たって、あたし達を止めることなんて出来ないんだから！」

「そうだね。なんせボクが居るからね。イリーナの、と、ととと、友達の、ボクが、居るからね。……ふふふふふ」

楽観的な四人の娘達に反して、ローグと元・四天王の面々は悪寒《おかん》を感じ続けていた。

「仕掛けてくるとしたなら、ここらへんじゃあないか？」

「……おそらくは、な」

「もしくは学園に到達し、安堵《あんど》した瞬間を狙ってくるやもしれぬ」

ローグが三人の会話に交わろうとした、その直前。

アルヴァートの読みが、的中する。

――襲来。

中央広場を進む彼等《かれら》の側面より、死角を突く形で雷撃が飛んで来た。

それは実に細く、派手さの欠片《かけら》もないが、しかし。

命中したなら一撃で命を刈り取るような、高濃度に凝縮された一撃であった。

「ッ！《メガ・ウォール》ッ！」

いち速く気付いたローグが、防壁の魔法を発動。

半球状の膜が周囲を覆うと同時に……着弾する。

ローグはもう一人のアード・メテオールであるが、彼に倍するほどの戦力を持つ。

そんなローグの防壁にさえ、飛来した雷撃は亀裂を入れてみせた。

「……なるほど。さすがメフィスト＝ユー＝フェゴールといったところか。実に悪辣だ」

襲撃者の姿を見て取った瞬間、ローグの表情が険しくなる。

それはイリーナも同様であった。先刻まで漲《みなぎ》っていた自信と楽観は完全に剝がれ落ち、
あどけない美貌に強い困惑の色が宿る。

果たして、襲い来た者達の正体は。

「……パパ」

イリーナの父、ヴァイス・オールハイド。

そして。

「……英雄男爵と大魔導士。まさに揃《そろ》い踏みといったところか」

ジャック・メテオール。カーラ・メテオール。

村人として生きた頃の、父母。

三人の傑物が今、一行の前に立ち塞がっていた。

「来いよ、バケモノ共」

「ここから先は、一歩も通さないわ」

「僕達を倒さない限りは、ね」

メフィストの手によって改変され、その力量を強化された三人。その姿を前にして、イリーナは瞳を揺らめかせ……口から出かけた叫びを、寸前のところで飲み込んだ。

「パパ。ジャックおじさん。カーラおばさん。本当に、ごめんなさい」

これから貴方《あなた》達に暴力を振るってしまう。

アードを救い出すために。この一件を集結へと導くために。

相手が誰であろうとも、立ちはだかる者は排除する。

イリーナの瞳にはそうした覚悟が宿っていた。

「本当なら、元に戻してあげたい。でも……今は余裕がないの。だから」

ブチのめして進む。そう宣言しながら、聖剣・ヴァルト＝ガリギュラスを構えた。

そんな娘に対し、ヴァイスは、

「奔《はし》れ、疾風の刃《やいば》」

躊躇《ちゅうちょ》のない一撃を浴びせかける。

不可視の風刃。それが戦闘開始の合図となった。

目に見えぬ攻撃魔法を、イリーナは野生の勘によって回避。

射線上に立っていた仲間達もまた四方八方へ散る形で跳躍し、事なきを得る。

「まだまだ……！」

「反撃なんて、させないんだから……！」

ジャックとカーラによる属性攻撃の雨あられ。

父母の猛攻を躱《かわ》しつつ、ローグは呟いた。

「外見こそ地味だが……そこには一撃必殺の火力が秘められている」

実に厄介であった。熟達の魔導士ほど、攻撃魔法の発動において、無駄なエネルギーの膨張を見せないものだ。まるで派手さのないその一撃こそ、磨き抜かれた天稟《てんぴん》の証《あかし》、だが。

「君達は、現代の英雄でしかない」

アルヴァートが反撃の一手を打つ。

攻撃魔法の遠隔発動。

そのとき、敵方三名の足下に魔法陣が顕現し……火柱が立った。

ジャック。カーラ。ヴァイス。灼熱《しゃくねつ》に飲み込まれた三人は、果たして。

「……おい女男」

「なんだよ、阿呆《あほ》トカゲ」

「格好付けといて失敗するとか、ほんっとダサいよね。超笑える」

エルザードの口から嘲りの言葉が出ると同時に。

三人を覆い尽くしていた火柱が、掻《か》き消された。

「効かねぇな、こんなもん」

ジャックは好戦的な笑みを浮かべながら、僅かに煤《すす》けた服を叩《たた》いてみせた。

他二人も同様に、ダメージは一切確認出来ない。

その姿を目にして、オリヴィアが口を開く。

「……手心を加える余裕はない、か」

表情こそ無機質なままだが、内面には複雑な情念が渦巻いているのだろう。

何せあの三人は、彼女の元・教え子だ。

「……問題児共め。卒業してもなお、わたしを悩ませるか」

学生時代の三人を思い返し、嘆息するオリヴィア。

その横で、ライザーが冷然とした声を放つ。

「殺《あや》めるは易《やす》し。されど、それなりの代償はある、か」

この老将に慈悲の二文字はない。行動の全てが合理性重視。相手が仲間の肉親であろうとも、必要と判断したなら平然と手に掛けるだろう。

そんなライザーだからこそ、現状に対し、迷いを抱いていた。

「状況を打破したとて……次で仕損じたなら、なんの意味もない」

この言葉は皆が同意するところだった。

現時点において、こちらには二つの選択肢が用意されている。

一つは敵方の排除。開幕の前段階にてイリーナが宣言した通り、ブチのめして進む……ということが出来れば最善であったのだが、実際は不可能。

手加減し、気絶させ、そして進むといった考えは捨てるべきだ。

……しかしながら。

「もし相手方の命を奪ったなら、メフィストとの一戦において悪影響をもたらすであろう」

ライザーは理解している。かの悪魔と戦う際、主力となるのはローグとイリーナ、この二人であると。

前者は特に問題ない。

大魔導士夫妻《ジャックとカーラ》を殺害したとて、ローグの精神は平静を保つだろう。

大義のために誰かを犠牲にするといった行いは、前世の頃より茶飯事。

両親を手に掛けた程度で揺らぐような心など、もはや持ち合わせてはいない。

だが、イリーナは違う。

「父を殺めてなお心乱さぬという自負があるか？　イリーナ・オールハイドよ」

ライザーの問いかけに、彼女は答えなかった。答えることが、出来なかった。

額から冷汗を流し、沈黙し続けている。そうした様子が何よりの返答であった。

「両翼の片側が失われたなら、敗北は必定」

「……ならば説得し、三人を元に戻すか？」

「その望みはあろう。なれど」

「僕達の消耗は、かなりのものになるだろうね」

まだ矛を向け合ってから間もないが、敵方の力量は十分に推し量れた。

そのうえでアルヴァートは断言する。

「改変された人格を戻すために費やす時間と労力。それは間違いなくメフィストとの戦いに影響を及ぼすほどのものになるだろう」

それがいかなる結果へと繋《つな》がるかは、言うまでもない。

まさしく悪魔の策謀であった。

相手を手に掛けて進めば、心乱れて敗北。

相手を戻したうえで進めば、力の消耗によって敗北。

表面的には二者択一であるが、しかし、その結末はどちらを選んでも変わらない。

「ほんっと性格悪いな、あいつ……！」

歯噛《はが》みするエルザードの傍《そば》で、ローグもまた眉間に皺《しわ》を寄せながら、

「……奴《やつ》との戦いは常にこれだ。あまりにも不愉快な二者択一を必ず迫ってくる。それを乗り越え、打ち克《か》つには、第三の択を創らねばならない」

だが今は、その片鱗《へんりん》さえ見出《みいだ》せなかった。こちらの消耗を抑え込み、なおかつ、精神的な負担も消滅するような三番目の選択肢。いかにすれば、そんなものが――

「ワタシに、任せてよ」

突如。

なんの脈絡もなく、第三者の声が響いた。

鈴を転がすようなそれは、間違いない。

「ヴェーダ……!?」

予想外の展開に、ローグが目を見開いた、次の瞬間。

無数の黒穴がそこかしこに開き、形容しがたい怪物の群れが大量に出現する。

それらは敵方……現代の英雄達を目にすると、一気呵成《いっきかせい》に襲い掛かった。

「チィッ！」

「なんだ、こいつら！」

「気持ちが悪いわねぇ……！」

単体で見ても十分に強力な怪物達が、群れをなして襲い来るのだ。

たとえ強化された英雄といえども、これには手をこまねくしかなかった。

そんな中、虚空《こくう》にて新たな黒穴が開く。

そこから出てきたのは。

「……やぁ、皆」

どこかバツの悪そうな顔をした、ヴェーダ・アル・ハザード。

今の今まで、泣き続けていたのか。その瞼《まぶた》が赤く腫れている。

精神状態は依然として万全とは言い難《がた》い。だがそれでも、彼女はここへ来た。

仲間達のために。

「行きなよ。あの人のところへ。ここはワタシが抑えておくから、さ」

第三の択が今、目前にあった。これに飛びつかぬわけにはいかない。

そう……たとえヴェーダの瞳に危うさが宿っていたとしても。

「頼んだぞ」

「うん」

短い言葉を交わすと、ローグは地面を蹴った。

「……また会おう」

「うん」

オリヴィアもまた、一言投げて。

それから、他の面々も簡単な礼や激励などを送りつつ、疾走する。

「待ちやがれ、この――」

「君達の相手は、ワタシだよ」

追走せんとするジャックの周囲に、小規模な爆裂が生じた。

それは相手方の命を奪うようなものではなく、ちょうど良い具合に足を止める程度の攻撃だった。

消耗することなく、精神に負担が掛かることもない。そんな第三の択を体現しながら。

ヴェーダは皆の背中へと目をやった。

「……怒るかな。それとも、悲しむのかな」

離れていく。距離が、遠のいていく。

そんな姿が、自分達の未来を暗示しているかのようで。

胸の内に湧いた切なさを、ヴェーダは言葉に変えて吐き出した。

「──何やってんだろ、ワタシ」

◇◆◇

ヴェーダ・アル・ハザードと三人の英雄達による一戦は、泥沼の様相を見せつつあった。

「クソッ……！　うじゃうじゃとキリがねぇ……！」

黒穴から湧き出る無限の軍勢が、相手方を完全に抑え込んでいる。
そうして己の役割を果たしながら、ヴェーダは思索に耽《ふけ》った。
（なんで、こんなことしてるんだろう）
（なんで、ここへ来たんだろう）
（ワタシは、何を考えてるんだろう）
メフィストとの別離を強制されて以降、彼女の心は閉塞状態にあった。
何もする気になれない。
自分はこれから、親を喪《うしな》うのだ。それに抗《あらが》うことさえ、出来ないのだ。
そうした考えが猛毒のように精神を蝕《むしば》み、憂鬱が脳の働きを阻害する。
だからこそ。
動けぬはずの自分がなぜ、こんなことをしているのか。
ヴェーダにはまるで理解出来なかった。
気付けばここに居て。
任せろ、と。そんなことを口にしていた。
「……わからない。自分で自分が、わからない。でも」
どうだっていいや。

ヴェーダがそのように呟《つぶや》いた、次の瞬間。

想定通りの展開が訪れた。

「うるぅあああああああああああああッッ！」

絶叫と共に、ジャックが限界点を突破する。

狂化の魔法。それは精神を暴走させ、敵味方の区別がなくなる代わりに、戦闘能力を飛躍的に向上させる魔法だ。

心身共に負担が大きく、一度の戦闘で使用出来るのは一回のみ。

そうした切り札を用いて、ジャックは無限の軍勢を駆逐していく。

「がぁああああああああああああッッ！」

殲滅《せんめつ》力が、怪物の増加速度を超えた。

その威容も驚愕《きょうがく》に値するものだが……もっとも驚くべきは、狂化状態であるにもかかわらず、自我を保ち続けているという事実。

「……師匠《せんせい》の改変によるもの、じゃないな。持ち前の精神力で狂化を捻じ伏せてるのか」

平常のヴェーダであれば瞳を煌《きら》めかせ、様々な実験プランを思いついていただろう。

さりとて、今は微塵《みじん》の好奇心も湧いてこない。

「るぅがぁああああああああああああッ！」

迫ってくる。二振りの剣を用いて、舞い踊るように人外の群れを斬り刻みながら。
距離を取るなり、迎撃するなりしなければ、やられる。
だが。
ヴェーダは、そうだからこそ、動かなかった。
「……どうだっていいんだよ、何もかも」
足止めの役割は果たした。ローグ達は既にメフィストと交戦状態に入っているだろう。
であれば、もう。
ここで朽ちたとて、誰かに迷惑をかけることはない。
ヴェーダは受け入れていた。
迫り来る死を。
きっとこのために自分はここへ来たのだろう、と。そんなふうに現状を解釈しながら。
「……嫌な人生だったたな」
目前にて、狂戦士が刃《やいば》を振り下ろす。
それが彼女の身を両断するまでの一瞬。
ほんの瞬《まばた》き程度の時間が、永遠のように引き延ばされていく。
脳裏には走馬灯《そうまとう》。

生まれてから今に至るまでの記憶が流れ、ヴェーダの心をことさら辟易《へきえき》させた。
(ひっどい親のもとに生まれて)
(手に入るはずもない愛情を求め続けた)
(その帰結が、悪魔との邂逅《かいこう》)
(そして……拒絶すべき存在を、ワタシは、愛してしまった)
(この人こそ、本当の親だって。そんなふうに思ってしまった)
メフィストとの日々は刺激的で、実に愉《たの》しいものだった。
互いに倫理の鎖から解放された存在同士。彼さえ居てくれたなら幸せに生きていける。
最終的に彼の歪《ゆが》みがこの身を害するとしても、それを拒否するつもりはなかった。
そう……あの人になら、殺されたってよかったのだ。
そんな人に、離れろと。二度と交わることはないのだと。
そのように言われたなら、もう。
「生きていく意味なんて、どこにあるんだよ」
刃が頭頂部へと迫り、白い肌に食い込む。
ヴェーダは自らの終幕を——

『仕様のない奴《やつ》だな、お前は』

終幕を受け入れる、寸前。

頭の中に響いた声が、ヴェーダの体を突き動かした。

回避。

己が身を斬り裂かんとする刃を。望んでいたはずの死を。

彼女は後退することで回避した。

「っ……！」

なぜ動いたのか、まったくわからない。完全に無意識の行動だった。

それは一度きりの現象ではなく。

「ぎぃあああああああああああッッ！」

二度目の回避。三度目の回避。四度目の回避。

迫り来る死を、ヴェーダはことごとく躱《かわ》し続けていた。

そのたびに、声が響く。

頭の中で、彼等《かれら》の声が響く。

『……ヴェーダ。貴様、わたしのふかし芋をどこへやった？』

オリヴィア・ヴェル・ヴァイン。常に澄ました顔をしている彼女を、顔が真っ赤になるまで怒らせるのが、愉しくてしょうがなかった。

『其処許《そこもと》が開発した不老の秘薬。これを用いて成長を止めた幼子は果たして、成人年齢を迎えてなお幼子と呼び続けられるのか否《いな》か。其処許の持論を聞かせてもらいたい』

ライザー・ベルフェニックス。不世出の智将《ちしょう》と称《たた》えられし老将がときたま見せる、真剣な馬鹿馬鹿しさが、ヴェーダには面白くてしかたがなかった。

『フハハハハハ！　貴公は実に弁が立つなぁ！　吾《わたし》では到底敵《かな》わぬよ！　フハハハハハハハハハハ――――よし、殺そう』

アルヴァート・エグゼクス。おちょくりまくった末に、塗り重ねた虚飾を引っぺがしてやるのは、実に気持ちが良かった。

そして――

『つい先日、お前が発表してみせた学説だが』

『実に興味深い』

『実証の場を設けさせてもらった。そこで解説など頼めないだろうか』

ヴァルヴァトス。

彼は本当に面白い人間だった。観察しがいのある人間だった。

あの師が無二の友と認め、執着し続けるのも、納得出来た。
まるで空っぽな器。空虚な暴力装置。そんな彼が何かを得て、同時に、何かを失ってい
く様は確かに、ヴェーダの心を揺るがし――

（あぁ、そうか）

（ワタシは）

目前の死を躱し続けながら、ヴェーダは微笑した。

頭の中に響く声の数々が、彼女の心を熱くさせる。

（ワタシは）

（ワタシの人生は）

（ひどく嫌なものではあったけれど）

（でも……つまらなかったってわけじゃあ、なかったんだな）

（こんなワタシにも、素敵な友達が居たのだから）

古代で出会った彼等。

そして、現代で出会った彼女達。

『ヴェーダ様！　いい加減、ジニーに惚《ほ》れ薬渡すのやめてくださいよ！』

『あらミス・イリーナ。貴女《あなた》だってこの前、ヴェーダ様に秘薬の調合をお願いしてていまし

たわよねぇ?』

『あ、あれは、その……眠気覚ましの薬よ! テスト勉強で使うの!』

イリーナ・オールハイド。ジニー・サルヴァン。

つまらぬ時代に生まれた、面白い娘達。

(……本当に、色んな人と出会って、別れて)

(そのうえで、何もかも失ったかといえば)

(それは違う)

(ワタシの中には、残ってるんだ)

(皆への友情が、まだ)

不意に、師の顔が思い浮かぶ。

ヴェーダに呪詛《じゅそ》の魔法を掛けたあのとき、彼が見せた笑顔の裏には……親の情があった。

君を壊したくない。出来ることなら幸せになってほしい。

そんな、隠されたメッセージを今。

ヴェーダは確《しか》と、受け止めていた。

「……わかったよ、師匠《せんせい》。貴方《あなた》が居ない世界はきっと、ひどく退屈だろうけれど、でも

もう少しだけ、生きてみるよ。

そう呟いてから、ヴェーダは黒穴の全てを閉じた。

それと同時に、ヴァイスとカーラを抑え込んでいた怪物達が消失。

前後して。

ヴェーダは大きく後ろへ跳び、ジャックから距離を離すと。

「《《我、求むるがゆえに》》《《我、騒乱の只中《ただなか》にて哄笑《こうしょう》せん》》」

《固有魔法《オリジナル》》の詠唱を紡《つむ》ぎ出す。

その瞳を、煌めかせながら。

「《《智《ち》と痴は紙一重》》《《楽と苦の狭間《はざま》で踊り》》《《我は吹聴《ふいちょう》し続ける》》」

危機を感じたのだろう。

ジャック、カーラ、ヴァイス、三人が一斉にヴェーダへの攻撃を開始した。

しかし、当たらぬ、どころか、そもそも到達出来なかった。

踏み込んだジャックは気付けば別方向へと駆けていて。カーラとヴァイスによる属性魔法は飛翔《ひしょう》の最中、飴玉《あめだま》やマシュマロなどの菓子に変じて、そこかしこに飛散する。

「《《御前に在るは不世出の――》》《《って、真面目にやんのも飽きたし》》《《こっからははっちゃけて行こう！》》」

空気が変わる。

周囲一帯に七色の霧が立ちこめ、奇妙な音楽が鳴り響き、

「≪ワタシは物知りで！≫≪ワタシはめちゃんこ強くて！≫≪だいたいなんでも出来る凄《すご》い奴！≫≪だから、そう――≫」

口元を笑みに歪ませながら。

普段、そうしているように。

ヴェーダ・アル・ハザードは最後の一唱節を叫んだ。

「≪ワァアアアタシはッ！≫≪神だぁあああああああああああッッ！≫《トワイライト・ゾーン》」

――新生。それはまさに、そう呼ぶべき現象であった。

周囲の空間が完全に別世界へと変わる。

もはやここは王都の広場ではない。

ヴェーダが新たに生み出した、奇妙奇天烈《きてれつ》な夢の国。

らんららんらんらららららん♪

ららららら♪　らららららん♪

調子外れな、表現し難《がた》い音楽。

聞く者を狂わせるようなそれに合わせて、夢の国の住人達が踊り狂っている。

それは二足歩行のネズミか。あるいはタヌキ？　いや、もしかしたらカバかもしれない。

何もかも理解不能。そこに立っているだけで正気を失いそうになるような空間の中で。

ヴェーダは両腕を広げ、口を開いた。

「実のところ、君達には以前から興味があったんだよねぇ。復活した《邪神》を倒してみせたその力が、どっから来てんのか。これを機に解明してみよう、そうしよう」

くるくると独楽《こま》のように回転するヴェーダ。

自分でやっといて目を回すという意味不明な行動を見せつつ、さらに言葉を重ねていく。

「全部終わった後に誰も死んでなかったらオール・オッケーだよね！　その過程で精神が二、三回ブッ壊れたり、全身がバラけて別の生き物になったりしても、最後にちゃんとなってれば問題なし！　そんなわけで！　好き放題やっちゃうからね、イリーナちゃん！あとついでにヴァル君！」

なぜだかブリッジして。

逆さまに映る世界へと、ヴェーダは宣言する。

「――さぁ、取り戻すとしようか。皆の人生を」

第一二〇話《邪神》との戦い　～前戦～

来る。
彼等《かれら》が、やって来る。
そうした予感を抱いたのは俺だけではなかったらしい。
「……さて。君とのティータイムもそろそろ終わりかな」
紅茶を飲み干して、カップをテーブルに置く。
その瞬間――

漆黒の炎が奴《やつ》を飲み込んだ。

――これは、アルヴァートの一撃だ。
肉体だけでなく霊体さえも灼《や》き尽くす闇色の獄炎。
これに触れたなら存在そのものが焼失する。

だが、それは相手が常人だった場合の話。

敵方はメフィスト＝ユー＝フェゴール。たとえそれが絶対的な法則であろうとも、奴にとってはなんら関係がない。

「相も変わらず、挨拶の仕方が過激だねぇ」

健在であった。

メフィストは、憎たらしいほどに、健在であった。

さりとて彼等の中に動揺を見せた者など皆無。

ただ、こちらを真《ま》っ直《す》ぐに捉えて。

そのとき、皆を代表するように。

イリーナが口を開いた。

「助けに来たわよ、アード」

堂々たる宣言と凛々《りり》しい顔つき。

俺は思わず目を細めていた。

なんと凄烈な面構《つらがま》えであろうか。気負いや怯《おび》えなど微塵《みじん》もなく、その胸中には断固たる意志と無限大の勇気だけがある。

まるで往年のリディア……いや、ともすれば、彼女さえも超えているかもしれない。

そんなイリーナに俺は、何事も返すことが出来なかった。

我が身は今やメフィストの支配下にある。

だから。

救出に来てくれたことへの感謝も。

真正面から挑みにかかるという無謀を止めることも。

俺には、出来なかった。

「君の出番はもう少し後になる。それまでは傍観してなよ、ハニー」

腰を上げ、立ち上がるメフィスト。そうして奴は皆の眼前へと歩み寄ると、

「力自慢のわんぱく坊やなら、君達を前にして昂揚《こうよう》感を抱くのだろうけど。僕はそういったタイプの人間じゃあない。むしろ暴力を用いた勝負というのは嫌いなんだ。野蛮だし、品性の欠片《かけら》もないし、何より……この世界においては、自分の敗北が想像出来ないからね」

結果がわかりきった遊戯ほどつまらぬものはないと、奴は言った。

始まってさえいない段階での勝利宣言。

挑発的なその言動を、イリーナは粛然とした顔のまま受け流し、一言。

「最後にもう一度だけ、言わせてもらうわ」

そう前置いてから、彼女は次の言葉を口にした。

「……もう、やめましょうよ。こんなこと」

真っ直ぐな眼差《まなざ》しは果たして、憎むべき悪魔を見据えるようなものではない。

そこには相手方への慈《いつく》しみがあった。

「ちょっと前、あんたは言ったわね。あたし達は共存出来ないって。そのときは確かに、想像も出来なかった。……正直に言えば、今でも無理じゃないかって、そう思ってる。でも……やりもせず諦めるなんて、あたしの主義じゃないわ」

この優しさこそ、イリーナが有する魅力の一つであり、美徳であろう。

相手が誰であろうとも寄り添う姿勢を見せ、手を差し伸べる。

そんな彼女に俺は救われたのだ。

アルヴァートやエルザードだってそうだろう。

救いようのない者でさえ、地の底から引っ張り上げるような力がイリーナにはある。

だが。

此度《こたび》の相手は。

かの悪魔は。

天使の手を取るような存在では、ない。

「感動したよイリーナちゃん。君という奴は本当に――――信じがたいほど、愚かだ」

嗤《わら》う。

向けられた慈愛を。差し出された手を。

そうして、奴は。

「僕がこの世界から居なくなるか。あるいは君達がこの世界もろとも消え去るか。それ以外の結末はない。用意するつもりも、受け入れるつもりもない」

どのような言葉も、どのような想《おも》いも、自分には無意味。

そう断言して、メフィスト＝ユー＝フェゴールは、己が意を行動で以《もっ》て示す。

「ご託の並べ合いも終わったことだし。そろそろ始めようか」

右手を天空へとかざす。

瞬間、その掌《てのひら》から鈍い煌《きら》めきが放たれ――周囲の空間が、創り変えられていく。

「まずは用意しよう。相応《ふさわ》しいステージを」

果たして、形成された舞台は奴の言葉通り、因縁の場所そのものであった。

地平線の彼方《かなた》まで続く荒野。

天に鮮やかな蒼《あお》はなく、我等を照らす煌めきもまた、ドス黒い雲によって隠されている。

――滅亡の大地。ここはまさに、それだった。

超古代において、メフィストを始めとした《外なる者達《アウター・ワン》》と《旧《ふる》き神》とが世界の覇権を巡って争った場所。

かつて俺とローグが衝突した土地。

古代世界における、対メフィスト戦の最終舞台。

そして……この俺が、親友《リディア》を手に掛けた現場でもある。

「これ以上に相応しいステージはないだろう？　何せここは、《魔王》、勇者、《邪神》、三つの存在が因縁を積み重ねてきた場所なのだから」

滅亡の大地。

その名の通り、ここでどちらかが滅ぶ。

世界か。悪魔か。

それを決めるための大戦を前にして、イリーナは。

「……わかった。あたしはもう、あんたを救わない」

握り締めた聖剣を。かつてリディアが用いたそれを。

メフィストへと突きつけながら、宣言する。

「あたしは、あんたを倒す。メフィスト＝ユー＝フェゴール。皆の未来を守るために……あんたには、居なくなってもらうわ」

優しさを捨て、成すべきを成す。それは彼女に相応の痛みをもたらすものだが、しかし。

イリーナ・オールハイドの瞳には、一点の曇りもない。

皆を守る。皆を救う。不退転の覚悟に満ちたその心は、まさに勇者のそれであった。

そして……そんな彼女の傍《そば》には、もう一人の《魔王《ディザスター・ローグ》》が立っている。

肩を並べた両雄の姿を、悪魔は交互に見て。

「……真面目な暴力合戦なんて、僕の趣味じゃあない。でも、今回だけは特別だ」

牙を剝《む》くような笑み。この悪魔がそうした好戦的な顔を見せたのは、初のことだった。

総身から放たれし圧力が莫大《ばくだい》なオーラとなって発露する。

その立ち姿は、まさに《邪神》のそれ。

メフィスト＝ユー＝フェゴールは己が異名を体現しながら、最後の前口上を叩《たた》き付けた。


「さぁ、皆――――本気の殴り合いで、ケリをつけようじゃないか」

最後の戦いが、開幕する。

初手を取ったのは、メフィストであった。

「潰れろ」

突き出した人差し指を、クイッと上へ向ける。

その動作に応じて、皆の背後にある地盤が、めくれ上がった。

轟然《ごうぜん》とした音を響かせながら天へと向かうそれは、まるで大山めいた様相を呈しており
……次の瞬間、事前の言葉通りに、皆を押し潰すべく落下。

一手目の段階から途轍《とてつ》もないスケールを見せ付けたメフィスト。

だが、それに対し。

我が仲間は誰一人として、怯《ひる》まなかった。

「……合わせろ、シルフィー」

「合点承知ッ！」

魔剣・エルミナージュを構えたオリヴィア。

聖剣・デミス＝アルギスを握るシルフィー。

二人の剣士がそのとき、脚部にあらん限りの力を込めて──跳躍。

虚空《こくう》を引き裂くように跳び、山の如《ごと》き地盤へと接近し、その末に。

「破ァッッ！」

「だわッッ！」

気合一閃《いっせん》。両者の斬撃が真空波を生み、それが巨大な刃《やいば》となって、地盤を粉砕する。

木《こ》っ端微塵《ぱみじん》となったそれが、バラバラと地表へ降り注ぐ中。

大地へと着地したオリヴィア、シルフィーの両名は、そのままの勢いで地面を蹴った。

「メフィスト＝ユー＝フェゴールッッ！」

「その命、貰《もら》い受けるのだわッッ！」

剣聖、オリヴィア・ヴェル・ヴァイン。《激動》の勇者、シルフィー・メルヘヴン。

神話に名を刻む戦士二人が揃《そろ》い踏んで向かい来る様は、いかな敵方であろうとも、その心胆を寒からしめるようなものだったが……しかし今、相対するは、《邪神》である。

奴《やつ》は悠然とした微笑を保ったまま、瞳を冷ややかに細め、

「剣者の頂など既に踏み越えて久しく。だからこそ――この心を揺さぶることは、ない」

それは普段見せる、ふざけた調子ではない。

正真正銘、本来のメフィストが、そこに居た。

総《すべ》てを極め、それゆえに、総てを無価値と見下す。

孤独な怪物は果たして次の瞬間、二振りの銀剣を召喚し、その柄を左右の手で握り――

「君達に教えてあげよう。剣術の極意を」

踏み込む。

接近するオリヴィアとシルフィーに対し、メフィストは真っ向勝負の構えを見せた。

刹那、彼我の間合いはゼロとなり、互いが互いを刃圏へと捉え、そして。

「疾《シ》ィッ！」

「でりゃあッ！」

先手を取ったのは、オリヴィアとシルフィーだった。

息の合った連携。両雄の斬撃が敵方の肉体を斬り裂かんと突き進む。

これにメフィストは、小さく息を吐いて。

「──来迎《らいごう》、即《すなわ》ち制戦也《せいせんなり》」

二刀が奔《はし》る。

見えたのは、その初動まで。

いかなる業《わざ》を用いたのか、我が目を以てしても視認出来なかった。

気付いたときには、もう。

二人が、斬られた後だった。

オリヴィアは肩から脇腹にかけて、斜めに断たれ──

シルフィーはその面を、横一文字に裂かれ──

しかし。

「ぬ、おぉおおおおおおおおおおおッ！」

「しぃいいいいやぁあああああああああっ！」
この二人がただの一合で終わるわけもない。
オリヴィアには数千年の積み重ねが。シルフィーには不世出の天性が備わっている。
それらが致命傷を防いだのだろう。
両者共に意気軒昂《いきけんこう》とした姿を見せ、気迫と共に攻勢を展開する。
目で追えぬほどの剣舞。
二人のそれは芸術のように美しく、そして何より、恐ろしいものだった。
しかし、それでもなお。
奴は、小揺るぎもしていなかった。
「オリヴィア・ヴェル・ヴァイン。シルフィー・メルヘヴン。君達は――」
飛び交う刃を最小限の動作で躱《かわ》しながら。
奴は言葉で以て、二人のことを斬り捨てた。
「――両者共に、未熟」
甲高い音が鳴り響くと同時に、天へと舞う二振りの刃。
魔剣・エルミナージュ。
聖剣・デミス＝アルギス。

それらが二人の手元から、離れている。

巻き上げられたのだ。

それが意味するところは、つまり。

「剣術の極意を教えると言ったけれど、それは撤回しよう。……赤子に何かをしたところで、伝わるはずもないのだから」

あまりにも差がありすぎる。

神話に謳《うた》われし大剣豪二人。

されどメフィストにとって彼女等《かのじょら》の剣技は、児戯にも劣るものだった。

斬られる。

二人はそのように予感したのだろう。両者の蒼白《そうはく》な顔面に諦観が宿った。

されど第三者としての立ち位置で状況を見る俺の目には、別の未来が映っていた。

メフィストの二刀が二人を両断する、直前、

「《《空白埋め殉教者《クローバー・フィールド》》》……！」

「《《無貌へと至りし者の真実《ブラックミラー・バンダースナッチ》》》ッッ！」

オリヴィア、シルフィー、両名による攻勢の最中、彼等《かれら》は《固有魔法《オリジナル》》の詠唱を行い、そのときに備えていた。

そして今、ライザー・ベルフェニックス並びにアルヴァート・エグゼクス、両名もまた闘争の輪へと加わり――

ライザーが身の丈ほどもある巨大なメイスを。

アルヴァートが漆黒の獄炎剣《ごくえんけん》を。

目前の悪魔へと繰り出した。

そのタイミングはまさに完璧の一言。

メフィストは現在、二刀の動作途中であり、襲来した新手に意識が向いていない。

これは確実に命中する。

――と、誰もが確信していたがために。

次の瞬間、訪れた現実を、すぐに受け止めることは出来なかった。

「空拳《くうけん》極めし者、万戦《ばんせん》の覇者也《なり》」

柄を握り締めていた手を緩ませ、二刀を手放す。オリヴィアとシルフィーの胴を横薙《な》ぎにせんとしていた動作はそのとき、流麗なる旋転へと変じ――

撫《な》で付けるような柔らかい所作で以《もっ》て、向かい来る得物達の軌道を変えた。

「ッッ……!?」

目を見開くライザーとアルヴァート。

オリヴィアやシルフィーの顔にもまた動揺の色が浮かぶ。
その数瞬後――強烈な打撃が四人の肉体を打った。
流転《るてん》による運動エネルギーを十全に宿した、見事に過ぎる連続技。
もしこれがただの力比べであったなら思わず拍手を送っていただろう。
それほどに、メフィストの打撃は美しいものだった。

「がッ……！」

小さな悲鳴を上げながら、四人がそれぞれ別方向へと飛散する。
全身に走った衝撃が臓腑《ぞうふ》のことごとくを破裂させ、肉を裂き、骨を断つ。
宙を舞った四名は受け身を取ることさえ出来ず、地面を転がり回った。
常人であれば再起不能の重傷。なれど古代の戦士達からすればまだ、軽傷の範疇《はんちゅう》。
さりとて戦闘行動の再開には少なくとも二秒の時を要する。
――それだけあれば、十分だった。
メフィストが四人を消し去るのに、十分な時間だった。

「詰手前《チェック》」

冷然とした殺気が迸る《ほとばしる》。
宣言通り、これは真剣な殴り合いなのだと、場に立つ者全てに示すかのごとく。

そして奴が動作し、四人の命を――

「させるものですかッッ！」

ジニーの口から放たれた、砲声めいた叫び。

その直後、彼女が構えていた紅《あか》き槍《やり》の穂先から稲光が走った。

直撃。

だが、それは不意打ちの成功を意味するものではない。

無視されたのだ。

眼中に入ってさえ、いなかったのだ。

メフィストにとってジニーは、靴に集《たか》るアリに過ぎなかった。

「君のそれは飯事《ままごと》にさえなってない」

矛先がジニーへと向けられた、そのとき。

天空にて彼女が吼《ほ》えた。

「消し飛べッッ！　《エルダー・ブレス》ッッ！」

エルザードによる大技。

曇天から地表へと、次の瞬間、蒼《あお》き光柱が伸びた。

それは瞬《また》く間にメフィストを飲み込み、大地を穿《うが》つ。

凄《すさ》まじい衝撃波が周囲一帯へと広がり、鼓膜が破れんばかりの轟音《ごうおん》が鳴り響く中。

「竜族の魔法は実に強力だ。《魔族》や人が扱うそれなど比にならない」

声が聞こえた。

悪魔のそれが、まるで狂騒を斬り裂くように。

「竜の王と呼ばれるだけあって、なかなかの力量を有しているようだけど……僕に魔法戦を挑んだのは愚かな選択と言わざるを得ない。たとえ竜の頂点といえども、この分野で僕と競うのはナンセンスだ」

秒を刻む毎《ごと》に、奴を飲んだ光柱の威が高まっていく。

だが、それでも。

「――魔導の祖たる者が誰か、思い出させてあげよう」

霧散。

メフィストが言葉を紡《つむ》ぎ終わると同時に、エルザードの大技が消し飛んだ。

超高熱の只中《ただなか》にて放たれた悪魔の一撃。

指先から伸びる細い光線が、尋常ならざる威を周囲に放つことで、エルザードのそれを搔《か》き消してしまったのだ。

「――ッッ!?」

そんな馬鹿な、と言わんばかりに、大きく目を見開く狂龍王《きょうりゅうおう》。

半人半竜の姿となっていた彼女は、その翼を撃ち抜かれ……撃墜。

そこに立っていたジニーに受け止められたことで、地面への衝突は避けられた。

「……ご加勢、感謝いたしますわ」

「……別に君を守ったわけじゃない。勘違いすんな」

複雑げな顔をしたジニーと、そっぽを向くエルザード。

彼女等の行動はメフィストに対しなんの損傷も与えることはなかったが……

しかし、二人が動かねば、オリヴィア達はやられていただろう。彼女等は今、イリーナとローグの手によって治療され、万全の状態で戦線へと復帰している。

「仕切り直しといったところかな」

敵方四名を一挙に討ち取るという好機が崩れ去ってもなお、メフィストの顔に苛立《いらだ》ちや焦燥など皆無。

奴《やつ》にとって勝利とは、花を手折《たお》るが如《ごと》きもの。

ゆえに目先のそれを逃がそうとも、なんら問題はないと考えているのだろう。

あくまでも悠然と構える《邪神》。

その姿を睨《にら》み据えながら、ライザーがローグへと問うた。

「……先程の一合にて、其処許《そこもと》は何を見た？」

ローグは険しい表情となりながら、

「我が策を成すには、手が一つ足りぬ」

悲観的な言葉を吐いて、額から汗を流す。

追い込まれていた。

見た目以上に、彼等は追い込まれていた。

……歯痒《はがゆ》い。

仲間の危機を前にして、俺はいったい何をしているのだ。

早く枷《かせ》を解いて、皆に助力せねば。

そう思う一方で。

『あぁ、その通りだよハニー。ただ加勢しただけじゃあ、どうにもならないさ』

脳内に奴の声が響く。

『君は僕のことを誰よりも理解してる。だからこそ、わかるはずだ。今回の一件を収束へ導くために、何が必要なのか』

奴の言葉は二者択一の強要、そのものだった。

『そのときは確実にやってくる。それまでに決めておかなかったなら……君達の結末は、バッドエンドにしかならないぜ？』
悪魔の声が、我が胸中に苦悩をもたらす。
……わかっている。すべきことはもう、ハッキリしているのだ。
おそらくローグが打たんとしている手立ては、それを肯定するものであろう。
『とはいえ』
『真剣に殴り合うという言葉に偽りはない』
『真打ちを務めるのが君であることは確定しているけれど』
『その過程において何が起きるのか。いかなる手段で僕を出し抜くか』
『それはわからない』
『ともすれば……望まぬ結末が訪れるかもしれないねぇ』
最後の一声が、危機感を煽《あお》ってくる。
早急に決断せよ、と。
さもなくば。
『一人ぐらい、消してしまった方がいいかな？』
動く。
メフィストが、これまでずっと、そうしてきたように。

俺からまた一つ、奪うため。
仲間達へと――
踏み出す直前。
奴のすぐ傍《そば》。虚空《こくう》の只中に、亀裂が走った。
次の瞬間、ガラスが砕けたような音が響き、そこから何かが飛来する。

――巨大な、握り飯《ライス・ボール》であった。

成人男性の体軀《たいく》よりも巨大な、白米の集積体。
それが空間の裂け目より飛来し、メフィストを襲う。
さまざまな意味で想定外だったか。奴は驚いたように目を瞠《みは》って、微動だに出来ず。
直撃。
メフィストの華奢《きゃしゃ》な体が放物線を描き、遠方へと飛んでいく。
その先で。
「わ～～い、しじみだぁ～～～」
地面から巨大な半裸の中年男性が飛び出し……アッパーカット。

奴を天高くへと突き上げた。

曇天のすぐ真下。

そこで、さらに。

「モノクロオオオオム」

猫の首を持つ、巨大な怪鳥《かいちょう》が、メフィストに頭突きを叩《たた》き込んだ。

そして落下……した先で。

「ボォォォルは友達ィィィィィィィ！」

半魚人が奴の頭を蹴っ飛ばし、再びその矮軀《わいく》を宙へと舞わせ——ゴミ箱へとゴールイン。

同時に、大爆発。

「………なんだコレ」

エルザードの口から疑問符が放たれた、そのとき。

「シュール・ギャグってやつだよ、エルザードちゃん」

最初に創り出された亀裂から、声が飛んできた。

続いて、何者かが姿を現す。

二叉状《ツインテール》の金髪。小柄な体軀。幼児じみた顔立ち。

不敵な笑みに歪《ゆが》んだ、口元。

それは紛れもなく。

「ヴェーダ様っ⁉」

目を瞠りながら、ジニーが彼女の名を呼んだ。

それに応えるかの如く。

ヴェーダ・アル・ハザードは叫ぶ。

「天ッオ、学者神のぉおおおおおおおおおおッ！　復☆活どぅああああああああああああッ！」

絶叫に合わせて、彼女は己が異能を発動したのだろう。

世界が組み変わっていく。

滅亡の大地が、華やぐ楽園へと変わっていく。

一面に広がる花畑。舞い飛ぶ蝶《ちょう》。さえずる小鳥達。先刻見せた混沌《こんとん》の極みなどない、まっとうな美景はきっと、親に対するヴェーダなりの手向《たむ》けであろう。

最後の光景はせめて美しく。そんな想《おも》いを前にして、メフィストは穏やかに微笑し、

「どうやら吹っ切れたみたいだね、愛弟子《まなでし》」

奴が見据える先で、ヴェーダが仲間達のもとへ合流する。

「……よくぞ戻ってきた」

「心配かけちゃってごめんね、オリヴィアちゃん！　でも、もう大丈夫だから！」

「はぁ。僕としては落ち込んだままの方がよかったんだけどな。普段の君と違って鬱陶しくないし」

「げひゃひゃひゃひゃひゃひゃ！　そんなこと言って、実は嬉《うれ》しいくせに〜！　アル君ってばほんっとに素直じゃないよねぇ〜！」

「ともあれ。其処許が参じたことで、形勢は大きく傾いたと言えよう」

「まっかせてよ、ライザー君！　これまで塞ぎ込んでた分、暴れまくっちゃうからさ！」

四天王、揃《そろ》い踏み。その姿にイリーナは昂揚《こうよう》を覚えたか、聖剣を握る手に力が籠もる。

だが、ローグはそれを諫《いさ》めるように、彼女の肩へと手を置いて、

「逸《はや》るな。お前の出番は次の段階へと移ってからだ」

「……うん、そうね。それまで、力を温存、しないとね」

滾《たぎ》る心を必死に抑え込むイリーナ。その横で、ローグが皆に指示を出す。

「四天王の面々は各自、好き勝手に動け」

「……了解した」

「平常通り、とはいえ」

「少しばかりは、過去との違いを出せるかな」

「皆、成長したもんねぇ、色々と」

四人の言葉に頷《うなず》きを返しながら、ローグは言葉を続けていく。

「エルザード、ジニー、そしてシルフィー。お前達は後方にて遊撃と援護だ」

「チッ、偉そうに指図してんじゃねぇよ」

「はぁ。もう少しばかり、素直さを身に付けたらいかがです？　ミス・エルザード」

「空気を読むのだわ、空気を」

「いや、それは貴女《君》が言えたことじゃないでしょ」

「だわわっ⁉」

そして最後に。

「イリーナはここで待機せよ。……俺が奴のもとへ到達するまでは、な」

融合による強化。それが奴の策を支える大柱であろう。

その道のりを塞ぐように。

メフィストは、俺と皆の間を結ぶ直線上に立ちながら、両腕を広げてみせた。

「かかってくるがいいよ、四天王の諸君」

瞬間――――躍動する。

ローグが走った。メフィストを避け、半円を描くような迂回《うかい》ルートを行く。

当然、その進行を奴《やつ》が許すはずもない。
なにがしかの手を打たんと、ローグの姿を目で追った、そのとき。
「其処許の視線、こちらに釘付《くぎづ》けてくれよう」
ライザーの口から放たれた、鋭い一声。
そのとき、メフィストが弾《はじ》かれたように側面へと跳んだ。
奴が何を警戒し、そのような行動を取ったのか。
それは、一匹の蝶であった。
無論、ただの虫ケラではない。ライザーの異能によって強化されている。
その飛翔《ひしょう》速度は戦場を飛び交う矢のように疾《はや》く……しかし、何よりも恐ろしいのは、
その身に秘められし力。
増殖である。
メフィストを狙い、その末に空転した蝶は一羽の鳥へと衝突。
その途端、鳥もまた蝶と同じく、瞳を青々と煌《きら》めかせ始めた。
「つい先刻まで、この場には我輩《わがはい》の手駒となる存在がどこにもなかった。されど今は」
「ワタシがバンバン創っちゃうよぉ～～～～ん！」
黒穴が開く。

それは一〇〇や二〇〇ではなかった。

数えきれぬほどの穴から、そのとき、怪物の群れが一斉に飛び出てくる。

ライザーは手近な一体をメイスで打ち、異能を発動。

強化された怪物が別の個体に触れた途端、その対象もまた異能の影響下へと置かれ――

尽き果てぬ妨害能力者達の群れが、完成した。

「……やっぱり相性抜群だねぇ、君達は」

メフィストの顔に僅かばかりの緊張が浮かぶと同時に。

殺到。

怪物の群れが。蝶が。鳥が。存在の大小を問わず、次々とメフィストへ向かっていく。

触れられたなら、《邪神》といえども動作を停止させてしまう、絶大な妨害能力を秘めた軍勢。これに対しメフィストは真っ向から打って出た。

「膨大な敵を圧倒的な力で以《もっ》て殲滅《せんめつ》する。その作業は退屈ではあるけれど、ストレスの解消にはなるかな」

最接近した怪物達を一瞬にして斬り刻み、遠方に立つ者は遠隔起動の魔法を用いて消し飛ばす。

生半可な物量では、この悪魔を止められない。

そうだからこそ。奴の足がその場で止まっているという事実が、ライザー、ヴェーダ、両名による連携技の凄《すさ》まじさを物語っていた。

「二人のハニーが合流するまで残り一五秒ってところか。さてさて、どうしようかな」

あのメフィストが、自らの意を通せずにいる。

消しても消しても尽きぬ青眼の軍勢。

これをいかに突破するか、奴が思索を巡らせようとした、そのとき。

「その脳髄」

「働く前に、灼《や》き斬ってやる」

蒼《あお》い瞳の怪物達に紛れて、背後より、オリヴィアとアルヴァートが急襲。

互いに必殺の刃《やいば》を携え、メフィストの背中へと迫った。

「なるほど。息つく間もないとは、このことか」

閃《ひらめ》く斬撃。

両者のそれは、バラバラな攻撃の集積……ではない。

連携である。

攻撃後、オリヴィアの身に生じた僅かな隙をカバーする形で、アルヴァートが動く。

逆に、アルヴァートの隙をカバーする形で、オリヴィアが動く。

実に見事な形で、二人は息の合った攻勢を組み立てていた。

「……これは、想定外だなぁ」

先刻、シルフィーとオリヴィアを剣術で以て圧倒したメフィストだが、今は防戦一方となっていた。

それも無理からぬことだ。

あの四天王が手を取り合うような姿勢を見せているのだから。

メフィストにとっても、そして俺にとっても、信じがたい光景であった。

古代における最終決戦でさえ、この四人は気ままに動き続け、最後の最後まで連携を見せるようなことはしなかったのだ。

ゆえに彼等《かれら》は歴代でもっとも屈強な四天王であると同時に、もっとも協調性に欠けた四天王であると、そのように決めつけていた。

オリヴィア、ヴェーダ、ライザー、アルヴァート。

この四人が協同することなど、決してありえないと、そう思っていた。

『貴様等にとっては意外だろうが。俺からしてみれば、なんら驚くことではない』

脳内にて、ローグの思念が響く。奴はこちらへと駆けながら、その思いをぶつけてきた。

『成長。変化。躍進』

『誰もが時と共に、前へと進んでいくものだ』

『俺達の存在があろうと、なかろうと、皆その足を止めることはない』

そして奴は言った。

『心に刻め、アード・メテオール』

『彼等にはもはや、保護者など不要であると』

ローグとの距離が縮まっていく。それでもまだ、メフィストは奴に手出し出来ずにいた。

「アタシ達もッ！」

「忘れてもらっちゃ困るな、っと！」

シルフィーとエルザードが、抜群のタイミングで横やりを入れる。

彼女等《かのじょら》の遊撃がメフィストから好機を奪い、形勢の逆転を許さない。

「うん。これは。あぁ。そうか」

状況に対応するだけで精一杯。メフィストは完全に、抑え込まれていた。

このまま進めば、全てが俺とローグの思惑通りに──

「堪能《たんのう》させてもらったよ。君達の力を。可能性を。そして、成長を」

刹那、天使の美貌に、穏やかな微笑が浮かぶ。

「このまま何もしなかったなら、膠着《こうちゃく》した状況を変えることは出来ない」

悲観的な言葉とは裏腹に、その唇は悠然と笑んだまま、

「君達がここまで出来るとは思ってなかった。実に素晴らしい。その成長ぶりは、僕の考えを大きく上回るものだ。皮肉でもなんでもなく、本当に感動しているよ。だから――君達に、敬意を払うことにしよう」

言い終わるや否《いな》や。

奴の全身から放たれていた圧力が、さらなる高まりを見せ、そして。

「――今までの力は、六％。ここからは、二〇％だ」

あまりにも、残酷な現実を、言葉で以て叩《たた》き付けてから。

あまりにも。

奴は、悪夢を創り出した。

六％から二〇％への引き上げ。

その宣言通り、メフィストの戦力は三倍の状態へと跳ね上がったのだろう。

気付いた頃には、全てが終わっていた。

それは本当に、一瞬の出来事で。

だから。

いかなる経緯で以て、皆が地面に倒れ伏したのか、まったく理解出来なかった。

時間が消し飛ばされ、結果だけが残ったような状況。

周囲を埋め尽くしていた無限の軍勢も、何処《どこ》かへと消え失《う》せて。

場に立っているのは、もはや五人のみ。

俺、メフィスト、ローグ、イリーナ、そして――

ジニー。

彼女だけは、見逃されていた。

慈悲によるものではない。メフィストはジニーに対し、なんの関心も抱いていなかったのだ。ゆえに敵として認識しておらず、ともすれば、存在を忘れていてもおかしくはない。

それを証するように、メフィストは彼女を一瞥《いちべつ》すらせず、ローグへと目をやって。

「さぁ、次はどんな手を打つのかな？」

プレゼントを期待する幼子のような目。これをローグは鼻で笑いながら。

「次手など打たずとも、この疾走が止まることはない。メフィスト＝ユー＝フェゴール。我が友を侮《あなど》ったその時点で、貴様の敗北は決定したのだ」

メフィストには理解が及ばぬ言動であったのだろう。奴が首を傾《かし》げる一方で、俺は……

ローグの意図を知りつつも、信じ切るというところまでは、いかなかった。

それを否定するかのように。

「舐《な》めないで、くださいましッ……！」

紅《あか》き稲妻が虚空《こくう》の只中《ただなか》を奔《はし》り、メフィストの体を貫いた。

されど《邪神》の総身にダメージの気配はない。

それでも、ジニーは諦めることなく、雷撃を放ち続けた。

「……わからないなぁ、ハニーの考えが」

依然として、メフィストは彼女のことを一瞥もせず、

「虫の羽音を聞かせて気を引くって作戦かな？　……確かにそれは不快だけれど」

指をパチリと鳴らすと同時に、ジニーの紅槍《こうそう》が流砂となって消えた。

「これでもう何も出来やしない。所詮、場違いな子供でしかないのだから」

言いつつ、こちらへと接近するローグへと掌《てのひら》を向けて、攻撃を――

「こ、のぉッ！」

魔法による火球が一直線に飛翔し、メフィストを襲う。

だが、これもまた、なんの効果もなく……

それでもなおジニーの心は折れなかった。

属性魔法を次々と撃ち込んで、敵の行動を阻害せんとする。

されど彼女の行動は、気を引くためのものではない。

ジニーは本気で立ち向かっているのだ。

ジニーは本気で、メフィストを倒そうとしているのだ。

その気概に奴《やつ》は何を思ったのか。肩を竦《すく》め、深々と嘆息し――

「涓滴《けんてき》岩を穿《うが》つ。このことわざは努力を肯定する際にしばしば使われるもので、ポジティブな意味合いとして受け止められるものだけれど……僕の考えは違う。涓滴岩を穿つとは、努力の虚《むな》しさを説いたものだと、僕はそのように捉えている」

やはりメフィストは見向きもせず、淡々と言葉を紡《つむ》ぎ続けた。

「確かに、時間を掛ければ水滴が岩を穿つこともあるだろう。でもね、岩より硬度が高いものはどうしようもない。たとえ幾千、幾万の月日を重ねようとも、その対象が鋼だったなら、それはまさに骨折り損というものだよ」

再び指を鳴らす。

途端、ジニーの体から幾筋の白光が放たれた。

「魔力の回路を断たせてもらったよ。これでもう、君は魔法が使えない体になったというわけだ」

鬱陶しい羽虫を手で払うようにして、ジニーを完全な戦力外へと追い込んでから。

今一度ローグを――

「まだまだぁッ！」

大地を蹴る。魔法が使えずとも、まだ二つの拳が残っているのだと言わんばかりに。

その力強い歩調には諦観の情など微塵《みじん》もなかった。

「……諦めの悪い子は嫌いじゃあないのだけど。でも今はそういうの、要らないかな」

三度、指を鳴らすメフィスト。

風の刃で以《もっ》て、奴はジニーの足首を斬った。

瞬間、彼女が地面へと倒れ込む。

「う、あっ……！」

漏れ出た苦悶《くもん》を決着の合図としたか。メフィストは完全に、ジニーの存在を――

「舐めるなと、言ったでしょう、がッッ！」

気合でどうにかなるものではない。

根性で出来るようなものではない。

だが、しかし。

ジニーはやってみせた。

地面に手を突き、力を込め……弾く。

それは、二本の腕による跳躍であった。

果たしてジニーは宙空を征《ゆ》き、その末に。

「うぉあああああああああああああああああああああッッ！」

燃ゆる魂が絶叫を生む。

ここに至り、メフィストはようやっと彼女を見て。

「……この一撃は、謝罪の証《あかし》として貰《もら》っておこう」

数瞬後。

悪魔の美貌に、ジニーの拳がめり込んだ。

全身全霊。乾坤一擲《けんこんいってき》。

それを受けて、メフィストの華奢《きゃしゃ》な体が宙を舞い、錐揉《きりも》み回転の末に地面へと衝突。

ジニーもまた立ってはいられず、両膝を土で汚し……

「意地ってものが、ありますのよ。女の子にも、ね」

ざまぁみろと笑う。その姿に俺は、目を細めて一言。

「……成長されましたね、ジニーさん」

初めて出会ったときのことを思い出す。

あの卑屈な少女が。弱々しかった保護対象が。

今やメフィストの意を阻《はば》むような、一角《ひとかど》の戦士となった。

その事実はまさに。

「そう。貴様もまた、彼女のことを侮っていたのだ。アード・メテオール」

すぐ傍《そば》で。我が目前で。

もう一人の俺が言った。

地面に頽《くずお》れた友を、誇らしげに見つめながら。

「彼女の姿に希望を抱かなかったなら。彼女の姿に可能性を感じなかったなら。それこそ、友人失格というものだろう」

俺は首肯を返した。

「……貴様の言葉こそが、正しかったのだろうな」

ローグを残し、俺だけがメフィストと共に消える。

それが最善策と考えていた。愛ゆえの憂慮が、そうした結論へと俺を導いたのだ。

皆を守らねばならない。皆を保護せねばならない。

その想《おも》いは友愛であると同時に……ローグの言う通り、仲間への侮辱であった。

「己が愚にもっと早く気付いていたなら、このような回り道をせずに済んだものを」

「恥じることはない。俺とて気付くのに長い年月を要したのだからな」

ジニーから目を離し……俺達は、向き合った。

「もはや迷いはない」

「仲間達の背を、未来へと押し出すために」

「己が全てを」

「燃やし尽くす」

俺は。

ローグは。

拳を、突き合わせた。

そうすることで互いの指輪が結合し――

二人の元・《魔王》が、統合を果たす。

俺達は煌《きら》めく粒子となり、溶け合うように絡《から》まって、一つの存在へと昇華された。

もはや村人ではない。魂がその器を、再構築したのだ。

そう……今の俺は、アード・メテオールではなく。

古代世界の《魔王》・ヴァルヴァトスだった。

「あぁ、戻ってきたんだね、ハニー」

倒れ込んでいたメフィストが起き上がり、そして。

「けれど。まだ確信には至ってない。君が真の形を取り戻したかどうか。それを試すには」

掌を向ける。

横たわった、ジニーへと。

「さぁ、僕に君の力を――」

奴の言葉は、最後まで紡がれぬまま終わった。

ジニーと同じように、俺が、メフィストを殴り飛ばしたのだ。

目前へと移った我が身に、奴は反応出来なかった。

ただ笑みを浮かべて、受け入れる。

そんな憎らしい貌を全力で殴打《おうだ》し、遥《はる》か彼方《かなた》に突き飛ばしてから。

俺はジニーの傍へと歩み寄った。

「……ご勇姿、拝見させていただきましたよ」

声もまた、アードのそれではない。

もはや完全に別人。だがそれでも。

ジニーは普段とまったく変わらぬ目で、俺を見て。

「あぁ……やっぱり、アード君は……私の……」

ここで、限界を受け入れたのだろう。

ジニーは意識を手放した。後のことを、己が親友に託して。

「……ちょっとだけ悩んでることがあるんだけど」

そのとき。

傍へと歩み寄っていたイリーナが、問いを投げてきた。

「どっちの名前で呼ぶべきかしら？　個人的にはアードのままがいいんだけど、本名で呼んでほしいって言うのなら、そっちの方に合わせるわ」

今の俺に驚きもせず。畏れることも、せず。

ただただ受け入れてくれているイリーナに、俺は感謝の気持ちを抱きながら。

「貴女《あなた》のご随意に。今の私はアード・メテオールではありませんが、しかし……それでも貴女のお友達であることに、変わりはないのだから」

笑みを返してくるイリーナに、俺もまた微笑を浮かべてみせた。

そして——

「ほんっとうに仲がいいよねぇぇぇぇ、君達は」

いつの間にか近くへと戻ってきた悪魔を、二人並んで見据えながら。

「行くわよ、アード」

隣から伝わってくる気配は、親友のそれだった。

二人の親友の、それだった。

イリーナ、そして……リディア。

過去と今の交錯が、我が心を奮わせる。

「えぇ。参りましょう、イリーナさん」

滾《たぎ》る想いを胸に秘めながら、俺は臨む。

正真正銘、最後の戦いへと――

第一二一話　決着と消失

「現状は僕にとって、奇跡に等しいものだ」

終局を迎えたのだと、奴《やつ》も認識したのだろう。

メフィストは滔々《とうとう》と言葉を紡《つむ》ぎ続けた。

「僕は本当に気まぐれで。だから、予定になかったことをガンガン入れ込んでしまう。……本当はねハニー、僕は君と心中するつもりだったんだよ。何もかもを消し去って、君と共に滅ぶことが出来たなら、それはそれで幸せなんじゃないかなって、そう思ったから」

「だが実際は」

「うん。想定外の事態が多発したことで、僕は方針を変えたんだ。君を独占するという命題は変わってないけれど……過程も結末も、当初の思惑とは大きく異なっている。結果として、現状は僕からすると最良・最善を極めたものになったと言えるね。だから、後は」

天使の美貌に悪魔の微笑が浮かぶ。

そうして奴は、高らかに宣言した。

「君の周りを囲うもの全てを壊す。それが今、求むるべき最高のフィナーレだ」

……俺が覚悟を決めたなら、奴は大人しくこちらの意図に従うやもしれぬと、淡い期待もあったのだが。やはり、こうなったか。

とはいえ……望むところではある。

「これまでの借り、全てをこの場にて返してくれよう」

意気軒昂《いきけんこう》とした感情を発露する。それは隣に立つイリーナもまた同様であった。

「壊せるもんならッ！　壊してみなさいよッッ！」

叫ぶと同時に、彼女は地面を蹴った。

今に至るまで積み重なったフラストレーションを爆発させるように。

聖剣・ヴァルト゠ガリギュラスを携えながら。

その姿は、まるで。

「あぁ、イリーナちゃん。君は本当に、娘《リディア》の生き写しだねえ」

それは敵に対する眼差《まなざ》しではなかった。

メフィストの瞳に宿る情は我が子への愛情と……憐憫《れんびん》。

それを侮蔑と取ったか、イリーナは白い貌を怒気の色に染め上げて、

「らぁッ！」

ことさら強い気迫を放ちながら、白銀の刃《やいば》を繰り出した。

疾《はや》く鋭い一撃。だが奴のもとへ到達するその一瞬が、果てしなく長い時間に感じられる。

引き延ばされた刹那の最中。

メフィストが口を開いた。

「昔を思い出すなぁ。あの子も感情の赴くままに突撃してきた。なんの準備もせず、聖剣の力を発動することさえ忘れて。そんなだから——初手で終わっちゃうんだよ」

奴の言葉は、リディアとの最後の戦いを指したものだろう。

《邪神》を相手取っての戦争が末期となった頃。彼女は単身、メフィストのもとへ向かい、母の仇《かたき》を討たんと挑みかかった。

その一戦において、リディアはひどく直情的に攻めかかったのだ。

そう……今のイリーナと同様に。

「心滅の鎧《よろい》を纏《まと》ってない状態で、どうして飛びかかってくるかなぁ」

ヴァルト＝ガリギュラスが秘めた力の一つに、心滅の鎧というものがある。

それを召喚し、纏うことで、精神を狂気に蝕《むしば》まれる代わりに、絶大な戦闘能力を得るというものだが……イリーナは感情の昂《たか》ぶりが原因か、それを発動し忘れていた。

それゆえに。

「馬鹿も度を超えれば、不快でしかないよ」

メフィストが執った剣は、イリーナのそれよりも遥かに疾い。

このままでは彼女の肉体はあえなく両断されるだろう。

かつての、リディアのように。

——そうだからこそ。

「今回こそは守ってみせる」

踏み込んで、肉薄。その接近速度はメフィストの想定を超えたものだったのだろう。

奴は少しばかり目を見開いて。

「……全盛期を超えたね、ハニー」

敵方を斬らんとしていた刃を引っ込めて、己が身の防御へと回す。

さすがに反応が良い。

だが。

「今の俺には無意味だ」

握り締めた黒剣を振るい……奴の銀剣ごと、その肉体を叩《たた》き斬る。

我が刃を受け止めんとしたそれは脆《もろ》くも粉砕され、防御の役割を果たすこと叶《かな》わず。

メフィストの胴を袈裟《けさ》懸《が》けに切断。二つに分割された悪魔へ、俺は。

「──オリヴィアの分まで斬り刻む」

瞬閃《しゅんせん》。

背後にて倒れ伏した姉貴分の無念を晴らすように。

彼女の一族を滅ぼした仇敵《きゅうてき》を、斬って斬って斬りまくる。

そして、黒剣の閃《ひらめ》きが億を数えた頃。

メフィストは細胞の一つさえ残ることなく、この世界から消失した。

「す、すごい……！　もう、やっつけちゃった……！」

驚愕《きょうがく》と称賛に満ちた声。目を瞠《みは》るイリーナを、しかし、俺は叱咤《しった》する。

「気を引き締めなさい。敵方はこれで終わるような三下ではありません」

そう、奴はメフィスト＝ユー＝フェゴール。

世界の全てを敵に回しながらも、最後まで我が儘《まま》を貫き通した怪物だ。

「物理的に消去したところで、時間稼ぎにさえなりはしない」

我が言葉を証するように。

そのとき、やや離れた場所で、闇が生じた。

霧状の漆黒は果たして人型を形成し……

「驚いたよ、ハニー。まさかここまで強化されているだなんて」

《邪神》再臨。

死してなお世に残る怪物に、イリーナは眉根を寄せて呟《つぶや》いた。

「……まるで、アルヴァートみたいね」

奴もまた度外れた不死性の持ち主だ。

しかしその力はある仕掛けによるものであり、それさえ攻略出来たなら、殺し切ることは可能。よってアルヴァートは完全無欠の不死者というわけではなかった。おそらくイリーナは此度《こたび》の一戦においても、同じことをする必要があると考えているのだろう。なんらかの仕掛けを突破することで、メフィストの不死を攻略し、討伐するのだと。

そうだからこそ、彼女は視線で俺に問うている。どうやって倒すのか、と。

……これに対し、俺はなんら具体案を出すことなく。

「私が時を稼ぎます。その間に心滅の鎧を。現在の状態では力量差がありすぎる」

「うん。それは、さっきので思い知ったわ」

反省した様子で彼女は言った。

自らの問いを無視された形になるが、そこに言及することはない。

こちらに何か考えがあるのだと、信じているからだろう。

「……準備を整えたなら、すぐに来てください。ローグが期したように、貴女こそ、此度の一戦におけるキーマンなのだから」

「っ……！　うん！　わかった！」

恃《たの》みとされたことが、よほど嬉《うれ》しかったのだろう。

イリーナはすぐに身構え、詠唱へ移らんとする。

その様を目にしながら、敵方は悠然と息を吐き、

「いつもなら待ってあげるところだけど。今回はハンデとか、要らないよね？」

悪戯《いたずら》を仕掛ける直前の子供。そんな笑みが浮かんだ、次の瞬間。

闇色の刃が唐突に出現し、四方八方から襲来する。

我が異能はその力を十全に把握していた。

防御不能。相殺《そうさい》不能。回避不能。これは因果率の限定操作によって創造された魔法であり、発動と同時に勝利が確定するものだった。

しかし――

「魔導の始祖にして支配者。それは、貴様だけを指す言葉ではない」

我等を消し去らんとする黒き刃。それらことごとくが一斉に霧散した。

「……異能の力も、底上げされたみたいだねぇ」

目を瞠るメフィストを鼻で笑いながら、俺は地面を蹴った。

接近の最中、周囲の虚空《こくう》に白き刃の群れを召喚。

疾走と共に、それらを奔《はし》らせんとするが……

「君は僕と同じステージに立った。そうだからこそ、魔法戦は不毛の極みにしかならない」

解析と支配。この異能を有するのは、俺だけではない。

メフィストがもつそれもまた、我が力を内包するものだった。

ゆえに突き進まんとした白刃《はくじん》は、動き出すその直前、一つ残らず消失。

同じ力を持つ者同士。

片や、世界に初めて魔法という概念を知らしめた者。

片や、世界に魔法という概念を定着させた者。

始祖にして頂点たる二人の闘争は、どうあっても原始的なものにならざるをえない。

即《すなわ》ち——武器を手にした、斬り合いである。

「少しだけ、熱い感じでいく……よッッ！」

「その熱量ごと、叩き斬ってくれるッ……！」

黒剣と銀剣が衝突し、激烈なエネルギーの奔流が発生する。

波紋のように広がる衝撃波が、周囲の有象無象を掻《か》き消した。

「いいねぇ……！　ここからは四〇％だッ！」

「この期に及んで力を出し惜しむ貴様の傲慢……！　後悔させてくれるッッ！」

熾烈《しれつ》な剣術合戦。

刃が閃く度に凄《すさ》まじい破壊の連鎖が生じ、周辺の環境が瞬《また》く間に変わっていく。ヴェーダの手によって創り出された美景は、早くも荒野然としたものへと戻りつつあった。

「アハハハハハハハ！　楽しいねぇ！　この世界で！　こんなふうに遊べるだなんて！」

これまでに見せたことのない昂揚《こうよう》感が、メフィストの動作全てに込められていた。

だが。そうした心境の中にあってなお、奴《やつ》の脳髄は怜悧《れいり》な働きを失うことなく、
ゆえにメフィストは、我が力の真実を見抜いていた。

「──ハニー。今の君は常時《固有魔法《オリジナル》》を発動させた状態にある。そうだろう？」

否定も肯定もせず、俺はただ剣を執った。

これにメフィストは確信を深めたか、我が剣を己が刃にて受け止めながら、

「《固有魔法《オリジナル》》は強力である反面、魔力の消耗が著しい。だからこそ、おいそれとは使えない切り札として扱われている。僕も例外じゃあない。この身に宿る魔力は無尽蔵に近いというだけで、実のところ有限だからね。それに対して、君のそれは尽きることがない」

メフィストの言葉は称賛であると同時に。

自らの優位を、自負するものでもあった。

「別の言い方をするなら。既に君は切り札《ジョーカー》を場に出した状態にあるということだ。つまり君の力はここが限界であり、その先は、ない」

「……あぁ、その通りだ。俺の戦力は限界点に到達している。ゆえにこの身一つで貴様を制することなど断じて不可能であろう」

だが、我が胸中に絶望など皆無。

此度の一戦はこれまでのような、俺一人の力で全てを圧倒するようなものではないのだ。

仲間達と共に絶対者へと立ち向かい、これを退ける。

そうした戦だと、そのように心得ているがゆえに――

俺は曇りなき心で断言した。

「我が手札は既に尽きている。されど……それがどうしたというのか。メフィスト＝ユー＝フェゴール。俺は貴様を相手に、一人で抗しているわけではない」

俺の隣には、今。

それを証するように、次の瞬間。

「メフィストォオオオオオオオオオオオッッ！」

来た。

白銀の鎧《よろい》を身に纏《まと》い、心身共に万全となったイリーナが、やって来た。

「らぁッツ！」

斬閃《ざんせん》。

横合いから繰り出されたイリーナのそれを、メフィストは紙一重で躱《かわ》しつつ、

「なるほど。可能性の塊だな、君は」

まるで人に試練を与えんとする神のように、厳かな口調で、奴は言った。

「見せてもらおうか。イリーナ・オールハイドが持つ、心の力というものを」

圧が増大する。されどイリーナは畏れるどころか、ますます意気軒昂《いきけんこう》となって。

「来いッツ！　メフィストォッツ！」

身構え、叫ぶ彼女の至近距離へと、奴が一瞬にして肉薄。振るわれた斬撃の鋭さ、疾さ、
力強さは、現段階のイリーナが対処出来るものではなかったが、しかし。

「くぅッ……！」

不可避の刃《やいば》に反応し、己が剣にて、それを受け止めてみせた。

そのうえ。

「ハッツ！」

返礼の一撃を放ちさえする。

「やるね、イリーナちゃん。……でも」

躱しざま、攻撃後に生じた隙を突くメフィスト。

喉元へ一直線に向かう白刃。その太刀筋は先刻のそれを遥《はる》かに上回るもので。

「これは、躱せないだろう？」

直撃へと至るまでの刹那。

イリーナは歯を食いしばった。

気合で耐える。

その無謀を悪魔は嗤《わら》ったが、しかし俺は、出来ると信じた。

なぜならば。

彼女が、イリーナ・オールハイドだからだ。

果たして我が親友は、喉元にメフィストの刃を受け――

「ぜんっぜん、効かない、わねぇ……！」

貫通するはずの切っ先が。命を奪うはずの刀身が。

イリーナの皮膚一枚を破り、そこで停止する。

「今度は、こっちの番よ……！」

受け止めた刃を撥《は》ね除《の》けて、意趣返しとばかりに突きを繰り出す。

我武者羅で、滅茶苦茶《めちゃくちゃ》な太刀筋。

こんなものが当たるはずはないと、メフィストはそう思っているだろう。

技量の未熟、だけでなく、そもそも基礎能力のレベルが違いすぎる。

だが……そうした理屈を、想《おも》いの力で捻じ伏せてしまうがゆえに。

イリーナは、イリーナなのだ。

「当ぁぁぁたぁぁぁぁあれぇぇぇぇぇぇぇぇぁぁぁぁぁぁぁぁぁぁぁぁッッ！」

「っ⁉」

疾《はや》くなる。鋭くなる。力強くなる。

空転を繰り返す度に、彼女が執る剣の強さが増していく。

そして、遂《つい》に――イリーナの突きが、メフィストの頰を掠《かす》めた。

これは奴にとってあまりの想定外だったか、目を瞠《みは》り、脊髄反射の如《ごと》く後退。

そうして距離を離し、流れ落ちる己が鮮血を拭うと、

「……君が僕と同じ異能を持っていることは、把握していたのだけど。でも、これほど強力に使いこなせるとは、思ってなかったよ」

悪魔の瞳に好奇の色が宿る。

ここに至り、初めて奴は、イリーナを自らの敵として認識したのだろう。

「あぁ……厭《いや》だなぁ……まぁ～た予定にないことをしたくなっちゃったよ……でも、仕方がないよねぇ……気になってしょうがないんだから……」

俯《うつむ》き、ブツブツと呟《つぶや》いたかと思うと。

奴はすぐさま顔を上げ、穏やかな笑顔を浮かべながら、言った。

「君達の可能性がどこまで僕に迫るものなのか。これが知りたくて知りたくて。もう、気が狂いそうなんだ。抑え込めない。だから――――ここからは、本気で命を奪いに行くよ」

宣言と同時に。

奴は人の形をした悪夢へと変わるべく……詠唱を、紡《つむ》ぎ出した。

「《《其《そ》は天峰へ至りし者》》《《万夫不当》》《《孤独なる絶対者》》」

……初の、状況であった。

メフィストが《固有魔法《オリジナル》》を発動するなど、初の状況であった。

それは先刻の言葉通り、奴の本気を証するもので。

「イリーナさんッ！」

「わかってるッ！」

気付けば体が勝手に動いていた。

止めねば。止めねば。止めねば。

奴を先へ進ませては駄目だ。

どうやっても勝てない。

場に出される手札がどのようなものか、想像もつかぬが、しかし、そのときを迎えた時点で何もかもが終わってしまうということだけは、直感的に理解出来ている。

ゆえに俺は、ここを正念場と定めた。

奴の詠唱を止めて、隙を作り出し、我が策を完遂出来たなら、こちらの勝利。

奴の詠唱を止められず、《固有魔法《オリジナル》》が発動したなら、敵方の勝利。

突然に訪れた最終局面を制すべく、俺達はメフィストへ接近する――その最中。

《固有魔法《オリジナル》》発動の前兆なのか、奴の周囲に闇が生じた。

黒。

何もかもを塗り潰し、食らい尽くし、消し去らんとする、黒。

それが今、肉薄せんと駆ける我々の方へと、凄まじい勢いで伸び進んできた。

「避けなさい、イリーナさんッッ！」

「言われ、なくてもッッ！」

解析出来ない。支配出来ない。虚空を奔る闇は、そういうものだった。

命中したならどんな運命が待ち受けるのか、まったくの未知数。ゆえに掠めることさえ許されぬそれを、俺とイリーナは必死に躱しつつ、大地を蹴り続けた。

その一方で。

「《《森羅万象》》《《我が手中に在り》》」

詠唱は確実に、進行していく。

それに呼応するかの如く、周囲の空間に亀裂が走った。

まるで世界が崩壊へと至るまでの過程を、見せ付けられているかのような光景。

そんな様相を睨《にら》みながら、俺は。

「イリーナさん……！　これから、情けないことを、言わせていただきます……！」

唇を嚙《か》み、そして。

「我が内に、現状打破の策はありません……！　もはや貴女《あなた》だけが頼り……！　どうか、一瞬だけでも、隙を作ってはいただけませんか……⁉」

初めてのことだった。誰かに、なんとかしてくれと、素直に頼むのは。

そのみっともなさを俺は恥じた。その弱々しさを俺は憎んだ。

しかし。

「──アード」

彼女は、イリーナは、そのとき。

満面に太陽のような笑みを浮かべて、力強く、言い切ってみせた。

「任せなさいッ！」

足に込められた力が何倍にも高まり、凄《すさ》まじい膂力《りょりょく》の踏み込みが激烈な軌跡を創り出す。

それは無謀と無茶を掻《か》き集めて凝縮したような行為。

即《すなわ》ち……回避を、やめたのだ。

躱しながらの進行は、もはや間に合わない。

ならば直撃を浴びつつ、一直線に進めばよいのだと、彼女はそう考えたのだ。

「…………無茶苦茶が過ぎるよ、君は」

あまりの想定外がメフィストの詠唱を止めさせていた。

奴《やつ》の瞳が今、捉えているもの、それは。

「こんなものぉッ！　効くわけ、ない、でしょう、がぁあああああああああッ！」

迫る闇に真正面からブチ当たって、それを掻き消しながら突っ走る、イリーナの姿。

表面的には無傷。だが内側……命の源たる霊体にはダメージが刻まれているのだろう。

彼女の白い貌に苦悶《くもん》の情が浮かぶ。

しかし、どれほどの痛みを味わおうとも。

イリーナ・オールハイドの足は、決して止まらなかった。

「うぉああああああああああッ！　メフィストォオオオオオオオオオオッ！」

接近し、そして。

刃圏へと、敵方を捉えた。

「るぅうううううぁあああああああああああああッ！」

全身を蝕《むしば》む激痛に抗《あらが》うための絶叫。

それを終わらせるための、斬撃。

「りぃあああああああああああああああああああッ！」

やはり出鱈目《でたらめ》な太刀筋だ。痛みも相まって、素人《しろうと》のそれよりも酷《ひど》い。

だがそれは、可能性に満ちた攻勢。

想いの力が。決意の力が。奇跡を招かんとする。

直撃は当然のこと、掠めただけでも、どんな効果をもたらすかわからない。

今度はメフィストがその恐怖を味わうことになった。

「《《汝《なんじ》を律する者はなく》》《《汝と並ぶ者もまた――――うわっ、とぉ!?」

惜しい。もう少しで、捉えていた。
イリーナの力は確実に、《邪神》へと迫りつつある。
奴が詠唱を止《や》めたことが、何よりの証左であろう。
「あぁ、うん、これ、は…………ヤバいな、ホント」
躱《かわ》すだけで精一杯。
だが、そこから先が難しかった。
隙を作るというところには至れない。
拮抗《きっこう》状態が形勢されている。
おそらく経験値の違いが原因であろう。
このまま手をこまねいていたなら、ジリ貧となることは明白。
だが、俺は助力しなかった。
ただ待つのみだった。
イリーナのことを、俺は、完全に信じ切っていた。
それが正しい判断だったことを今、彼女が証明する。
「デミス＝アルギスッ！」
手元に二振り目の聖剣を召喚。それは先程まで、シルフィーが手にしていたもの。

妹分の意志を継ぐ形で、イリーナは怒濤《どとう》の攻めを見せた。

「当たれ当たれ当たれ当たれッ！　あぁぁぁぁあたぁぁぁあれぇぇぇぇぇぇぇぇぇぇぇぇぇぇぇぇぇぇぇぇぇぇぇぇぇぇぇぇぇぇぇぇぇぇぇぇぇぇッッ！」

単純に手数が倍増したというだけ、だが。

戦況は確実に、イリーナの優位へと傾きつつある。

ここに至り、彼女の素養がメフィストのそれを超え始めたのだ。

「……僕はどうやら、君のことを過小評価していたようだね」

もう何度目であろうか。奴がイリーナに対し、瞠目《どうもく》してみせるのは。

さりとて。

それでも、メフィストの口元には依然として、微笑が浮かんだままだった。

「君は本当に凄《すご》い奴だ。でも……まだまだ若い」

勝ち誇るような声音が奴の口から出た、そのとき。

イリーナの足下から闇が伸びる。

「ッ……！」

不意を打ったそれが直撃し、彼女に苦悶をもたらした。

致命傷ではない。まだ十全に動ける。だが……状況は、振り出しに戻った。

イリーナの動作が止まった瞬間、メフィストは大きく後退し、間合いを広げていく。

「詠唱は残り四唱節。君がこちらへ到達するよりも前に、それは――」

「ええ、そうね。あたしは間に合わない」

不意に。

先刻までの熱さが嘘《うそ》だったかのように。

イリーナが静かな口調で、言葉を紡ぎ出した。

「あたしは失敗した。でも、そんなことは関係ないわ。だってこれは、予定通りの状況だもの。全ては……メフィスト、あんたの意識を釘付《くぎづ》けるためにやったことよ」

果たして彼女は、口元に獰猛《どうもう》な笑みを浮かべ、

「――今よッ！　やりなさい、カルミアッ！」

放たれし呼び声。

前後して、メフィストの背後に一つ、気配が生じ――奴の胸部を右手で貫いた。

「うごっ……」

紅いものを口から漏らしつつ、メフィストは肩越しに後方を見やった。

「驚いた、なぁ……忠義心に厚い君が……アルヴァート以外の使い手を、認めるだなんて」

貫手《ぬきて》による一撃を加え、悪魔を喀血《かっけつ》させたのは、果たして。

三大聖剣が一振り、ディルガ＝ゼルヴァディスの化身、カルミアであった。

「……イリーナ・オールハイドを主と認めたわけじゃない。ただ、協力してやってもいいと思ってるだけ」

目前の敵に冷然とした眼差《まなざ》しを向けながら、応じてみせるカルミア。

その言葉は我が親友の凄まじさを物語るものだった。

イリーナ・オールハイドは、史上初の存在となったのだ。

三大聖剣の全てを従えた者など、これまで一人も現れなかった。

きっと未来永劫《えいごう》、イリーナだけだろう。彼女だからこそ、成し得た偉業なのだ。

それが千載一遇の好機を――


「好機が生じたと思ったなら、大間違いだよ、ハニー」


胸を貫かれ、口元から紅を流すメフィスト。

しかし奴の悠然は微塵《みじん》も曇ることなく。

それがいかなる所以《ゆえん》によるものか、次の瞬間、我々は理解することになった。

「コレは本体じゃあない。分身の魔法による、紛《まが》い物さ」
発言と共に、目前のメフィストが姿を消した。
そして。
「《《万理よ》》《《無間の闇へと沈み去れ》》《《斯《か》くて我が悲嘆を知るがいい》》」
天蓋から降り注ぐ絶望。
きっと奴は、ずっとそこに居たのだろう。
曇天の真下に佇《たたず》み、俺達を見下ろしていたのだろう。
口元に、嘲るような笑みを浮かべながら。
……こちらを見つめるその眼差しが、奴の思念を物語っていた。
『さぁ、次で最後だ』
『僕の《固有魔法《オリジナル》》をどのように攻略するのか』
『期待しているよ、ハニー』
止められない。
もう、奴の詠唱を、止めることは出来ない。
悪魔の唇が動く。
最後の一唱節を紡《つむ》ぎ、未知の恐怖を――

生み出さんとした、その直前。

「《ギガ・フレア》ッッ！」

凄まじい業火《ごうか》が、メフィストの全身を覆い尽くした。

あまりにも唐突。

あまりにも突然。

俺も、イリーナも、そしておそらく……メフィストも。

この展開は、まったく想定していなかった。

まさか、彼等《かれら》がやってくるだなんて。

「皆ぁッ！　撃って撃って撃ちまくれぇッ！」

「ダメージを与えられなくてもいいッ！　気を引ければそれで十分だッ！」

「迷惑かけちゃったぶん、しっかり働くわよぉ～」

我が父母、ジャック・メテオール。カーラ・メテオール。

イリーナの父、ヴァイス・オールハイド。

そんな彼等を囲むようにして。

我が学友達が、立っていた。

「あ、あれが《邪神》……！」

「ぜんっぜん効いてねぇじゃん……！」

「ビビんなッ！　オレ達ゃあくまでも繋《つな》ぎだッ！　バトンを渡せりゃそれでいいッ！」

弱音を吐く面々を叱咤《しった》するエラルド。

「パパのために～」

「頑張るの～」

双子妖精・ルミ、ラミ。

「よくも好き勝手やりやがったわね……！」

「私に、アード君のことを、傷付けさせるだなんて……！」

かつて《邪神》に振り回された二人の少女、ヴェロニカ、カーミラ。

そして――

「そろそろ気を引くのも限界なんですけどぉ～！　私の体、経年劣化で錆《さ》びまくってますからァ～！」

ある一件を経て、友となった人造人間・ネメシス。

皆に混じって攻撃魔法を放ちつつも、彼女が目を向けているのはメフィストではなく。

「早く次行ってくださァ～い、創造主様《マスター》ァ～！」

そう促した相手が、今。

勢いよく、起き上がった。

「げひゃひゃひゃひゃひゃひゃ！　計画どぉおおおおりっ！　やっぱワタシは！　超絶至高の！　くぁみ《神》どぅあああああああああああああっ！」

きっとヴェーダは、この場へと乱入する前の段階で、皆を元に戻したのだろう。

彼女には俺とローグが描かんとした絵が見えていた。

それが失敗するという未来も、また。

ゆえに秘策を講じ……最高のタイミングで実行したのだ。

メフィストにとっての想定外。思わぬ一撃。それによって生じた一瞬の隙を――

彼等が、繋いでいく。

「――どうやら、騙《だま》し通せたようであるな」

ライザー・ベルフェニックス。

その言葉の対象はメフィストだけでなく、この俺やイリーナも含まれているのだろう。

敵を騙すにはまず、味方から。

もし俺達が彼等の策略を知っていたなら、きっとメフィストに勘付かれていた。

ゆえに俺とイリーナを除いた者達で、密《ひそ》やかに計画を進めていたのだ。
「次手は我輩《わがはい》に任せてもらおう」
そのとき、ライザーの足下に咲いていた花弁が舞い飛び、天空へと突き進んだ。
異能による支配と強化を受けた花弁を、メフィストは回避することが出来ず……
一瞬の隙が、さらに次へと繋がっていく。
「一族が代々受け継いできた力、味わわせて差し上げますわッ！」
満身創痍《まんしんそうい》であったジニーだが、我々が知らぬ間にヴェーダの治療を受けたのだろう。
立てぬはずの足で確《しか》と大地を踏みしめ、敵方を睨《にら》む。
その瞳が妖しい煌《きら》めきを放つと同時に……
魅了《チャーム》の魔眼が発動した。
学園に入学したばかりの頃。あのときの記憶が脳裏をよぎる。
彼女の魔眼は極めて強力で、危うく夜這《よば》いを受けるところだった。
相手を魅了し、支配下に置き、意のままに操る、サキュバス特有の力。
それが最後の一唱節を紡がんとしたメフィストの口を閉じさせ――
「――――斬る」
天に浮かぶ悪魔の背後にて。

オリヴィアが魔剣を閃《ひらめ》かせ、奴《やつ》の全身を斬り刻んだ。

そして、彼女が着地すると同時に。

「ヴェルッ《邪悪なる者よ》！　ステナ《我が一刀のもとに》――オルヴィディスッッ《消え去るがいい》！」

「ヴァスク・ヘルゲ《矮小なる者共よ、》キア・フォル《我に頭を垂れよ、》・ナガン《さもなくば》――ガルバ・クェイサ《無へと還るがいい》ァアアアアアアアッ！」

シルフィー・メルヘヴン。アルヴァート・エグゼクス。

両者の聖剣が極大な光線を放ち、

「これで打ち止めだッ……！　食らえッ！　《エルダー・ブレス》ッッ！」

エルザードの大技、蒼《あお》き波動もまた天上へと伸び進んでいく。

三つの超威力に飲み込まれ……それでもなお、奴は顕在であったが、しかし。

「アードッ！」

イリーナが叫ぶ。今が好機だと。

皆の想《おも》いが。これまで、俺達が紡いできた全ての記憶が。

この瞬間へと、繋がったのだと。

「……終《しま》いにしよう」

自らの言葉を実行に移すべく、俺は大地を蹴った。

一瞬にして肉薄。メフィストの姿を、目前に捉えると。

「皆さん――」

眼下にて、我が行動を見守る仲間達へ。

かけがえのない、彼等へ。

俺は、最後の言葉を、送り届けた。

「――ありがとう」

そして。

飛翔《ひしょう》の勢いを落とさぬまま、損傷を全快させた敵方の胴へと手を回し、

「この勝負もまた……貴様の勝利だ、メフィスト＝ユー＝フェゴール」

推し進む。二人、抱き合うような形で。

曇天の先へ。そこに開いた、裂け目の中へ。

そうすることでメフィストは。

そうすることで俺は。

――自らの存在を、世界から消し去った。

――皆の前に姿を現すことは、もう。

――永遠に、ない。

◇◆◇

「……アード？」

妙な胸騒ぎが、イリーナの瞳を揺らめかせた。

「……大丈夫、よね？」

アードが失敗するわけがない。

きっと雲の先で決着をつけたのだろう。

だから、すぐに戻ってくる。自分達のところへ。仲間達のところへ。

そう確信しているのに、なぜか。

二度と彼に会えないのでは、と。そんなありえない予感が胸の内にある。

……次の瞬間。

ライザーがそれを、肯定した。

「アード・メテオール。やはり其処許《そこもと》は、差し違える道を選んだか」

イリーナは目を見開いて。

「…………は？　差し、違える？」

「左様。あの男はこの世から消失した」

「…………なに、言ってんの？」

信じなかった。イリーナはライザーの言葉を、信じようとはしなかった。

しかし。

「……覚悟は決めてたつもりだったけど。それでも、キツいなぁ。大切な人を二人、同時に失うのは」

呟《つぶや》くヴェーダ。その表情に、先刻までの快活さは皆無。

故人を偲《しの》び、黙祷《もくとう》を捧《ささ》げているかのような、厳かな顔だった。

「……果たして、わたしは正しい選択をしたと、言えるのだろうか」

「いいや。僕達が選んだそれは、確実に間違っている。でも……そうするしかなかった。最善の道なんて、どこにも用意されてはいなかったのだから」

「嘘《うそ》、でしょ？」

俯《うつむ》くオリヴィアと、天を睨むアルヴァート。

当惑した様子のシルフィー。

「アード・メテオール。君は本当に、最後まで不愉快な奴だったよ。…………友達になって早々、居なくなるだなんて。ありえないだろ、馬鹿野郎」

複雑な心境を思わせる声音。それを発したエルザードの瞳は、涙で濡《ぬ》れていた。

そんな彼女等《かのじょら》を囲む学友達は、現状を把握しきっておらず、

「アードの奴、遅《おせ》ぇな。手間取ってんのか？」

エラルドは、状況を理解していなかった。

「帰ってきたら～」

「一番に褒めてもらうの～」

ルミとラミは、訪れることのない瞬間を、夢想していた。

「あ、操られてたときのこと、なんて謝れば……！」

「二人で同時に土下座でもしてみる？　……ま、彼はそんなことしなくても許してくれるんだろうけど、ね」

天を見つめるカーミラとヴェロニカの心にも、ありえない未来への展望があった。

その一方で。

二人の大魔導士と、英雄男爵は。

「予感はしてたんだよ。俺達はいつか、離れ離れになるんだろうな、って」

「うん。でも……」

「こんな形で、そうなるとは思わなかった」

現実を受け入れ、しかし、それでも納得出来ずにいる。

当惑する者。状況を把握出来ぬ者。諦観を抱く者。

皆、三種のうち、いずれかの反応を見せていたが。

しかし。

イリーナとジニーだけは、違った。

「……帰ってくるわ」

「ええ。そうですわね」

二人並んで。顔を見合わせて。

力強く、確信を抱きながら、頷《うなず》く。

「たとえ誰が否定しようと、関係ない」

「道理も何も、知ったことではありません」

「アードは」

「アード君は」

あたしを。

私を。

決して、独りにはしない。

そう呟いて。

二人は曇天を見つめ続けた。


いつまでも、いつまでも——

◇◆◇

別次元世界。

あるいは中間世界とも呼ぶべき空間がある。

そこは異なる世界同士を繋《つな》ぐ中間域にあたる場所で、元は異世界の住人であった《外なる者達《アウター・ワン》》も、ここを通って我々の世界へやって来たという。

さりとて、別次元世界は単なる交通路ではない。

この、白き虚無だけが広がる空間には唯一無二の危険が潜んでおり……

一度それに捉えられた瞬間、ここは永劫《えいごう》の牢獄《ろうごく》という側面を見せるようになる。

俺は独自の魔法を用いて、この場へと身を移した。

――これより永遠の時を過ごすこととなる、宿敵と共に。

「ここに来るのは二度目だけど……うん、やっぱつまんないな。まさに地獄そのものだ」

人の知性が生み出す悲喜劇を観察し、愉《たの》しむ。それがこの男の生き甲斐《がい》であるが、別次元世界にはそんなもの、どこにもない。

別次元世界には人はおろか、物質そのものが存在しないのだ。

さらには重力を始めとした物理法則、概念といったものも皆無。

ただ浮遊した状態を永遠に維持し続けることしか出来ない。

そんな別次元世界はまさしく、メフィストにとっての無間獄であろう。

だが、斯様《かよう》な空間に閉じ込められているというのに、奴《やつ》は出ようとしなかった。

なぜならば。

「やっと念願が叶《かな》ったよ、ハニー。これで僕は君の存在を独占したことになる。それを思えば、生き地獄にも等しいここが天国に感じるねぇ」

そう、奴の目的は。奴の動機は。

この俺と、永遠の時を過ごすことだった。

……無論、そのような考えを肯定するつもりはない。

だから当初、俺は奴の命を奪う形でこの一件を終わらせたいと、そう考えていた。

さりとて、どのように思案しても、手立てが浮かばなかったのだ。

彼我の戦力差があまりにも開きすぎている。

殺害にこだわったなら、悪魔が気まぐれを起こして、全てを滅ぼしかねない。

ゆえに俺は自己犠牲の道を選んだのだ。

奴の目的を肯定し、その通りにしてやったなら。

少なくとも仲間達は生き残ってくれると、信じて。

「……はぁ。やっぱり、完璧な形ってわけじゃあないね。僕のことを全然見てない。君の心と視線は今なお、友達の方を向き続けてる」

瞳を細めながらの言葉には、僅かばかりの苛立《いらだ》ちが籠もっていた。

「君の仲間は本当に素晴らしい人達だったよ。でも……そうだからこそ、不愉快だ。何せ彼等《かれら》は君の心を摑《つか》んで離さない。彼等が居続ける限り、君の心と視線を完全には独占しきれない。……そんな君のことも、ちょっぴりだけ、憎らしいよ」

どうして僕を見てくれないの？

僕には、君しか居ないのに。

……その感情はまるで、幼子のそれだ。

片思いの相手に意地悪をして気を引く幼子と、まったく同じものだ。

これまでの所業が、そんな下らぬ感情によるものだったのかと思うと。

俺は、憤《いきどお》りを覚えた。

それと同時に…………憐《あわ》れみを、覚えた。

「戦前、イリーナが述べた言葉。よもや忘れてはいまいな」

「うん。彼女は僕を救わないと、そう言っていたけれど。それが――」

「彼女は。自分が救うことをやめたと、そう述べただけで。貴様に救われてほしくないと言ったわけではない。それを担《にな》う者として、俺に期待を抱いていた」

「そっか。……本当に、優しい子だよね、彼女は」

でも、と前置いて。

奴は問いかけてきた。

「イリーナちゃんを褒め称《たた》えたい、あるいは称えさせたい……と、そんなことが言いたいわけじゃあないんだろ？」

俺は、奴の目を睨《にら》みながら、言った。

「我が心にイリーナのような慈愛はない。メフィスト＝ユー＝フェゴール。貴様は憐れだ。

同情出来る部分もある。だがそれでも、今までの行いを許すつもりはない。ゆえに……俺は決して、貴様の救いになどならん」

明確な拒絶を、しかし、メフィストは笑い飛ばした。

「君も知っての通り、僕は本当に自分勝手な人間だ。君が何を思おうとも、この状況が生まれたというその時点で、十分に救いなのさ。それに……永劫の時を過ごしたなら、もしかすると、君の心が折れてくれるかもしれないしね」

悪魔が微笑《ほほえ》んだ、次の瞬間。ここを無間の牢獄とする、唯一無二の要素が顕現した。

《次元獣》。どのような言葉でも表現出来ぬ、奇怪な外見をしたそれらは、攻撃という概念を持たない。《次元獣》は中間世界に侵入した者のもとへ現れ……ただただ、増殖する。

そこに終わりはない。取り囲んだ存在が死に絶えるまで、無限に増え続けるのだ。

その増加速度はまるで、膨張していく宇宙空間にも似たもので。

一度取り囲まれてしまったなら、もはや脱出は叶わない。

俺も。

メフィストも。

絶対に、ここからは、出られない。

「……たとえ幾千、幾万の月日が経《た》ち、この心が摩耗しようとも。貴様と手を取り合うことだけは決して。結論が出るその瞬間までは、退屈しなくて済むねぇ」

「ふふ。君の言葉が真実か否《いな》か。結論が出るその瞬間までは、退屈しなくて済むねぇ」

視界が黒一色へと染め尽くされていく。

……後悔はない。

俺は、現状を受け入れていた。

たとえこの世でもっとも不愉快な存在と、永劫の時を過ごすことになろうとも。

我が心に、仲間達の存在が在る限り、折れるようなことはない。

もう二度と会えずとも、目を閉じれば、彼等の笑顔が瞼《まぶた》に映る。

それだけで――

『強がってんじゃねぇよ、この寂しん坊が』

――そのとき。

俺は、信じがたい光景を、目にした。

きっとメフィストにとっても同じことだろう。

突如として発生した状況に、瞼を大きく見開いている。

「……僕はハニーに、仲間を捨てることで彼等を救うか、あるいは仲間達と一緒に消えるか。どちらかを選ばせようと、したのだけど」

今、二者択一の末に。

第三の択が、現れた。

——それは、この身から伸びた一筋の光。

一面の漆黒を照らすようなその煌《きら》めきは、やがて人型を形成し——

俺とメフィスト、両者の狭間《はざま》に現れた彼女の名を。

俺達は、同時に呼んだ。


「リディア……！」


見まごうはずもない。

永遠に失われたはずの、我が親友。その姿が目の前に在る。

彼女は茫洋《ぼうよう》とした光に包まれたまま、こちらを見て。

「よう。久しぶりだな、ヴァル」

記憶の中にしかありえない、太陽のような笑顔を、振りまきながら。

「つっても、オレからすると久々って感じでもねぇんだけどな。なんせずっと、お前の中に居たからよ」

……………！

そう、か。

この現象はおそらく。

「ローグと融合したことで、お前の霊体が完全な形を取り戻した……！　それが、現状へと繋がったのか……！」

リディアをこの手で殺害した後、俺は女々《めめ》しくも、その存在の残り香を求めた。

ゆえに消失寸前となっていたリディアの霊体を、我が身へと移したのだ。

もし、それが完全な形を保っていたなら、我が身の内にリディアの人格を宿すことも出来たが……しかし殺害時点で、彼女のそれは無惨《むざん》な有様《ありさま》となっていた。

それがローグとの融合によって、修復された結果──

「グダグダと長《なげ》ぇんだよ、アホタレ」

「──ぐふっ⁉」

腹を殴られた。

思考に没頭していたため、なんの反応も出来なかった。

「う、ぬぅ……！　き、貴様ぁ……！　久しぶりに会って早々これかっ！　こんなときぐらい、神妙にしたらどうだっ！」

「だってお前、考え込むといつまで経っても進まねぇもん。そんなときゃブン殴るに限る」

「人を壊れた魔道具みたいに扱うなっ！　貴様というやつは、本当に――」

言葉の最中。

気付けば、涙が流れていた。

それは、勝手に溢《あふ》れてきて。

止めたいのに、止められない。

こんな、格好の悪いところを、見せたら。

「ぎゃはははははは！　あいっかわらずの泣き虫だなぁ！」

「う、うるさいっ！　これは、その……め、目にゴミが入っただけだっ！」

「ぶふぅ！　目にゴミって！　どんだけベタなんだよ！」

腹を抱えてゲラゲラ笑う。そんな姿はどこまでも、生前のリディアそのもので。

だからこそ、俺は。

そして、メフィストは。

彼女の目的を、感じ取っていた。

「……なるほど。それが僕への復讐《ふくしゅう》というわけか」

奴《やつ》は拒絶の意を見せたが、しかし。

発動した攻撃の魔法は彼女をすり抜けて、なんの効果も及ぼさなかった。

ここでリディアは初めて、メフィストの顔を目にすると、

「指咥《くわ》えて見てろ。母親を殺されたときの、オレみてぇにな」

それから。再びこちらを見るリディアへ、俺は。

「……お前がここに居ると、言うのなら」

出かかった言葉を、拳で止めてくる。

避けようと思えば避けられたそれを……あえて貰《もら》った。

打たれた頬が熱い。

だが、不快ではなかった。

あいつの拳はいつだって、子を叱る母のような、愛を宿したものだから。

「なぁ、ヴァルよ。心のどっかで、お前は自分のすべきことを理解してる。避けなかったってこたぁ、そういうことだ」

握っていた拳を解き、そして。

俺の頭を撫《な》でながら、あいつは言った。

「いっぺん過去に飛ばされて、色々あって、吹っ切れたんじゃなかったのかよ？」

「……そのつもりだった。しかし、実物を前にしたなら、このザマだ」

自然と、言葉が漏れ出てくる。

彼女への想《おも》いが止まらない。

止めるつもりも、ない。

「リディア。俺は、お前を救えなかった。俺は、自らの愚行によって、お前を」

「気にすんなよ。過去のオレも言ってたろ？　少なくとも、オレぁお前を恨んでねぇ。だから……お前もいい加減、自分への憎悪《ぞうお》を捨てやがれ」

優しく、俺の頭を撫で続けるリディア。

そんな彼女へ、俺は。

「リディア」

「おう、なんだよ」

「結婚してくれ」

「────────は？」

瞬間、リディアは撫でる手を止め、大きく目を見開いて、固まった。

「────────い、今、なんて？」

「結婚してくれと言った」

「──戦闘のダメージが、頭に」

「影響など及んではいない。本心だ。俺はお前を愛している」

これを素直に伝えられたなら、あのとき、リディアを失うこともなかったろう。

当時出来なかったことが、今なら出来る。

これも成長の一つ、か。

……そうだからこそ。そのようにしてくれた者達もまた、リディアに並ぶほど、愛おしい存在であると、そう思った瞬間。

「…………ハッ。浮気性《うわき》だな、お前は」

「人のことを言えた口か」

「オレは一途《いちず》ですけど～？　実際、子供《ガキ》作った相手は一人だけだしな」

「…………そのことについて、少々、気持ちの悪い質問をするが。相手は誰だ？　男か？　女か？　お前がそれを隠し通した理由はわかる。どこぞの悪魔に知られようものなら、不愉快なことになるだろうからな。だがここに至り、もはや隠す必要もなかろう。いったい、どこの誰と──」

「お前」

「――――は？」

今度は、俺が固まる番だった。

ついでに、メフィストも固まっていた。

これまで口を挟まなかった奴が、そのとき。

「いや、待って。ちょっと待って。それは聞き捨てならないんだけど。僕は四六時中、ハニーのことを監視してたからわかる。君達は絶対、そんなことしてないって」

「さらっと気持ちの悪いことを言うな、死ね。……いや、そんなことより」

もう一度、俺は同じ質問をした。

「どこの、誰と、子を成したのだ？」

「だから。お前だって言ってんだろ。二度も言わせんな、恥ずかしい」

「……身に覚えがないんだが？」

「……僕の記憶にもないんだが？」

「そりゃそうだろ。ヤって作った子供《ガキ》じゃねぇし」

「………………………………ならば、まさか」

「あぁ。人工生命《ホムンクルス》だよ。ヴェーダに頼んで創ってもらった」

二人以上の遺伝子情報と、霊体の一部を掛け合わせて創った人造人間。それを人工生命《ホムンクルス》と呼ぶ。古代においては性交渉による受精だけでなく、魔導を用いてのそれもまた、人が子を成すための行いとして知られていたが……

「…………ということは、つまり。俺達は既に」

「まぁ、結婚したも同然、かもな」

指先で頬を掻《か》くリディア。

そこが赤らんでいるのは、爪で引っ掻いたのが原因、ではなかろう。

「……いつかオレが居なくなったとき、お前はきっと、独りぼっちになると思った。だから創っておいたんだ。お前にとっての希望を。……その存在をな、伝えるためのヒントを残したはずなんだが、お前はず～～～っと気付きやがらねぇで、勝手に絶望して、勝手に転生して。……ま、最終的には出会えたわけだし、結果よけりゃなんとやら、か」

イリーナ。

イリーナ・オールハイド。

彼女はやはり、俺の希望だった。

常々、娘のように想ってきたが、よもや。

真《まこと》に血縁だったとは。

ある種の感動が心を満たす。

その一方で。

「……さて、と。そろそろ駄弁《だべ》るのも終《しま》いにすっか」

リディアは一息吐《つ》くと。

右手を上げて、一点を指した。

無限に増殖を続ける《次元獣》。

その群れが次の瞬間、リディアの指先から放たれし一筋の煌《きら》めきによって、掻き分けられ——やがて、光が別次元世界の只中《ただなか》に、穴を開けた。

「行けよ、ヴァル。お前の世界を守れ。お前の仲間を守れ。そして——」

お前の家族を、守れ。

その言葉が出ると同時に。

我が身が、開かれた光穴《こうけつ》へと、吸い寄せられていく。

「っ……！　ハニー！」

「おっと。行かせねぇよ。てめぇはここに閉じこもるのさ。オレと一緒に、な」

光の輪がメフィストを拘束し、身動きを封じた。

ローグとの融合で、完全な霊体を取り戻したというだけでは、説明が付かない現象。

なにがしかの秘密が、そこにはあるのかもしれない。

だが……そんなことは、どうでもよかった。

「リディアッ！　いずれ必ず、迎えに来るぞッ！」

俺は叫んだ。

穴へと入り込む寸前。

思いの丈を。

自らの願望を。

「お前を必ず、元の世界へと連れて帰るッ！　今一度、俺と共に生きてくれッ！」

これにリディアは苦笑し、

「オレを迎えに来るってこたぁよ、こいつ《メフィスト》を自由にさせちまうってことだぜ？」

「かまうものかッ！　そいつを叩《たた》きのめせるほど、強くなればいいッ！」

お前のためなら、簡単なことだ。

言外にそう言い含ませた俺に、リディアは一瞬、目を見開いて。

「……変わったな、ヴァル。いや、成長したって言うべきか」

穏やかな微笑が、遠のいていく。
距離が離れる毎《ごと》に、愛おしさが増していく。
だから、もう一度叫んだ。
出来るはずがないという諦観を、遥《はる》か彼方《かなた》へ投げ捨てて。
「俺はッ！　お前を取り戻すッ！　絶対だッッ！」
もう、顔も見えぬほど小さくなったリディアの姿。
目に映らずとも。耳にその声が届かずとも。
俺は見た。
頬を紅《あか》くした彼女を。
俺は聞いた。
弾むような声を。
「…………出来るだけ、早く来てくれよな」
これに、俺は、誓いの言葉を口にした。
光穴へと入りながら。
声が届かぬとわかっていても。
「いつの日か、その手を摑《つか》んでみせる……！」

たとえそれが、道理に反していようとも。
たとえそれが、永遠に訪れぬ未来であったとしても。
全てを捻じ伏せて、もう一度。
もう一度、あいつと、笑い合うのだ。
そのために、俺は皆のもとへ——帰るものと、思っていた。

この瞬間、までは。

最終話　村人A、史上最強の大魔王に転生する

まるで、時が逆巻いているかのようだった。

荒涼たる大地がそのとき、急速な変異を見せ始め……元の景観へと戻る。

ラーヴィル国立魔法学園。見慣れた景色を目にしたことで、一同は安堵《あんど》の息を吐いた。

「……どうやら、結果が覆《くつがえ》るようなことはなさそうだな」

「あぁ。メフィストは完全に、この世界から消滅した。この光景が何よりの証《あかし》だ」

「とはいえ。勝利を収めたとは言い難《がた》い」

オリヴィア、アルヴァート、ライザー。複雑な表情のまま彼等《かれら》は言葉を交わした。

目的を達することは出来たが……失ったものは、あまりにも大きい。

とてもではないが、喜べるような状況ではなかった。

「確かに、最善ではないよね。でも……落ち込んではいられないよ。ワタシ達の戦いはまだ、終わったわけじゃないんだから」

ヴェーダの言葉に、四天王の面々は首肯を返す。

これにイリーナも加わって、

「ヴェーダ様の言う通り、あたし達には次がある。でも……しばらくは、休みましょ」

「さんせ～だわ。さすがにもう、クッタクタだもの」

「そうですわね……本当に、疲れ果てましたわ……」

彼女等《かのじょら》の会話は、皆の総意であった。

休息を取りたい。何かを考えるにしても、その後だと。誰もがそう思っていた。

「まだ陽は高いけれど……寮に帰って、ベッドに転がりたいわねぇ」

「同意いたしますわ」

「アタシはご飯が食べたいのだわ。お腹《なか》ペコちゃんで死んじゃいそうだもの」

腹の虫を鳴らすシルフィーに、イリーナとジニーは笑った。

実感が湧いてくる。平穏が戻ってきたのだと。

今はこの場に居ないアードもまた、いずれは。

と——そのように考えた瞬間。

「残念、だけれど……再会の場面を、描くつもりは、ない……」

天空より、声が飛んでくる。

イリーナとジニーには、聞き覚えがあった。

記憶が確かなら、それは。

「……嘘《うそ》でしょ」

皆がそうするように、イリーナもまた蒼穹《そうきゅう》を見上げ、そして。

相手の姿を視認したことで、苦渋を味わう。

白服を纏《まと》った青い髪の少年。

間違いない。アレは、神を自称する存在だ。

「ぼく達は、基本的に……世界へ、直接的な干渉が、出来ない……だから、予期せぬ過程を経ることは、ときたまあるけれど……定めた結末は、決して、変わらない」

青い空に、歪《ゆが》みが生じた。

それはまさに始まりの合図。

連続してやってきた絶望を前にして、オリヴィアが一言。

「やはり、虚言の類いではなかったか」

誰もが心のどこかで、メフィストの言葉に疑いを持っていた。

世界の終わりなど、訪れはしないのでは、と。

真剣なふりをして、虚言を吐き、こちらの反応を楽しんでいたのではないか、と。

だが今。

皆の考えを否定するように。

《邪神》をも遥かに超えた脅威が、世界に牙を剝《む》いた。

「さぁ……終焉《しゅうえん》の、始まりだ……」

◇◆◇

世界に対し直接的な干渉が出来ない。そうした言葉はきっと、偽りないものだったのだろう。神を自称する少年が行ったことは、自らの手による破壊、ではなかった。

巨獣である。

ただ一体の、巨大なる獣が召喚され……

その日、ラーヴィル魔導帝国は、半壊した。

王都にて突如出現した怪物に対し、現代における最強戦力が抗戦。

しかしその結末は、あまりにも無惨《むざん》なものだった。

終焉の獣が暴れ始めてからすぐ、ヴェーダがこれを別の土地へと転送。

そして、人気《ひとけ》のない平野にて第二の決戦が開幕し……彼等は、敗れた。完膚なきまでに。

そもそも、それは戦いですらなかった。巨獣は攻撃の全てを無視して侵攻。周囲にあらん限りの破壊を振りまき……二五の村と街が滅んだ。

それと時を同じくして。

巨獣が、世界全土に出現。

村を。街を。国を。一斉に、蹂躙《じゅうりん》し始めた。

その行いに慈悲はない。遊びもなければ、慢心もない。

滅ぼす。

ただ、それだけだった。

そして――災厄の始まりから、一月後《ひとつき》。

イリーナ・オールハイドは、そこに居た。

王都の一角に構える、集合墓地。

並び立つ墓標の一つを前にして、彼女は語る。

「この前、サルトワ大陸が危ないって話、したわよね？　……昨日、滅んだわ。新種の巨獣が現れて、一発で大地が消し飛んだって、オリヴィア様が言ってた。それで……現地に居たヴェーダ様が、行方知れずになった、らしいの」

たった一月。

そんな短期間で、奴等《やつら》は世界に甚大《じんだい》な被害をもたらしていた。

イリーナにとって無関係な存在、だけでなく。

見知った者達もまた傷付き、斃《たお》れ続けていた。

「一人、また一人と、日を重ねる毎《ごと》に居なくなっていく。……夢なら覚めてほしいって、もう何度思ったかわかりゃしない」

けれど、一向にその瞬間は訪れず。

なればこそ、夜を越える以外に進むべき道はなかった。

「……ねぇ、アード。あんたはきっと、あたし達のことを信じてくれたのよね。自分が居なくても、この世界を守り続けることが出来るって、そう信じてくれたのよね」

でも、と前置いて。

イリーナは瞳を涙で濡《ぬ》らしながら、言った。

「情けないけど、アードが居なきゃ、あたし達……！」

零《こぼ》れ落ちそうな涙を。

漏れ出てくる弱音を。

しかし、イリーナは寸前で堪《こら》えた。

挫《くじ》けたなら、そこで終わりだ。

たとえどのような絶望を前にしても、折れてはならない。

この世界は親友から託されたもの。

自分はそれを守らねばならぬと、イリーナは決意している。

そうだからこそ。

「……二日前、王都の近くに新しい巨獣が出現してね。オリヴィア様が討伐しようと、したんだけど……負けちゃった。今、あの人は左腕を失って……意識が、ない」

しかし巨獣は活動を続けている。

村や街を滅ぼしながら、今もなお北上しており……

明日には、この王都に到達する。

そうした状況を前にして、イリーナは。

「逃げられない。逃げちゃいけない。あたしは、アードの代わりだから。アードの分まで、皆を守らなくちゃ、いけないから。……討伐隊に、志願したわ」

近しい友人達も同じだった。

ジニー、シルフィー、そしてエルザード。

彼女等と肩を並べ、明日、出陣する。

それがどういうことか、イリーナは十全に理解していた。

楽観もなければ自負もない。

この一月《ひとつき》で、それらは脆《もろ》くも崩れ去った。

当初、口癖のように言い続けた「なんとかなる」という言葉も、今はもう二度と吐くつもりになれない。

だが……イリーナの内心に悲観はなかった。

あるのは、勇気だけだ。

「負けないわよ、あたしは。アードが帰ってくるまで、立派に役目を果たしてみせるわ」

瞳に闘志を宿し、宣言する。

だが、その心には、当たり前の弱気が隠れていて。

イリーナは終《つい》ぞ、それを誰にも見せることなく——

親友の墓前にて、決意を表明した翌日。

全てが予想された通りに動いていた。

明朝。

王都の目前に広がる、平野にて。

討伐隊が巨獣を迎え撃った。

一流の魔導士を中心とする、数万規模の軍勢。

王都より定期的に繰り出される、支援魔法の数々。

それだけではない。

総指揮を執るのは、かの大魔導士夫妻と英雄男爵である。

一〇年前に復活した《邪神》を見事討伐し、世界を救った三人の大英雄。

その参戦は兵の士気を大きく向上させ、希望をもたらしてもいたが……

だからこそ。

敵方によってもたらされた絶望は、ことさら彼等《かれら》を苦しめた。

相対する巨獣。

その姿はまるで、足が生えた大山……あるいは、子供の落書きといったところか。

天に届くほど巨大な三角形の体。それを支える、糸のような三本足。

外見からしてまっとうな生物ではない。そもそも、生物であるかもわからない。

だが、英雄達の内心に怖《お》じ気《け》はなく。

「総員、放てぇッッ！」

号令と共に、ジャックが火球を放った。

これに従う形で、討伐隊による攻勢が開幕。

万単位の攻撃魔法という、文字通り桁外れのそれだけでも、十分に威容と呼ぶべきものだったが……

「デカいだけの、ウスノロがぁッ！」

「オリヴィアに代わって、大暴れしちゃうのだわッ！」

狂龍王《きょうりゅうおう》・エルザード。

《激動》の勇者、シルフィー・メルヘヴン。

両者による大技が混ざり合ったことで、討伐隊がもたらす破壊の嵐は一層、恐るべきものへと変じた。

が――

「Ｕｈｈｈｈｈｈｈｈｈｈｈ」

ソプラノボイス。

まるで歌声のようなそれが、巨獣から放たれた、次の瞬間。

攻勢の全てが掻《か》き消された。

三角形の肉体から放たれし無数の光線。

それは神話に名を刻む怪物《エルザード》と英雄《シルフィー》、両名の大技さえも消し飛ばして。

ただの一撃で、討伐隊は半壊へと追い込まれた。

地上を薙《な》ぎ払った光線が直撃した者はあえなく消滅。

発生した衝撃波による副次被害も尋常ではない。

ある者は全身をバラバラに引き裂かれ、ある者は手足を失い、ある者は意識を喪失。

イリーナは、運良く生き延びた。

その隣に居たジニーもまた。

シルフィーとエルザードは光線の射線上に立っていたが、防壁の魔法によってどうにか攻撃を防ぎ、軽傷を負った程度。

しかし。

「パパ……！　ジャックおじさん、カーラおばさん……！」

三名の安否は不明。
今はただ、無事を祈ることしか……
いや。
そうすることさえ、巨獣は許さなかった。
追撃である。
二射。三射。四射。
ただの一撃で数万の軍勢を半壊させた超威力を、容赦なく連発する。
その姿勢には、一つの強烈な目的意識が込められていた。
即《すなわ》ち……殲滅《せんめつ》。
生きとし生けるもの、ことごとくを消し去る。
ただの一匹さえ、逃しはしない。
巨獣とはまさしく、純然たる殺意の具現化であった。
まるで地表を掃除するかのように、命を散らしていく。
そんな地獄のような光景の中で。
イリーナ達も、例外ではなかった。
「っ……！　エルザード、あんた……！」

「ボクのことなんか、どうでも、いい……！　君が、無事なら……！」

イリーナを庇《かば》い、重傷を負ったエルザード。

竜族の治癒能力は、しかし、いつまで経《た》っても機能しなかった。

巨獣の攻撃は治癒の効果を打ち消してしまう。

「ハァ……！　ハァ……！　ミス・イリーナ……！」

地面に倒れ込むジニー。

その瞳にはまだ、闘志が残されていた。

だが……彼女の負傷はあまりにも甚大で、立ち上がることは出来なかった。

「まだ、まだぁ……！」

気迫を放つシルフィー。

彼女は比較的軽傷であったが……

手にした聖剣は。姉貴分《リディア》から引き継いだ大切な相棒は。

その美しい刀身を、半ば以上、失っていた。

「エルザード……ジニー……シルフィー……」

傷付いた友。

失われた命。

それらを前にして、イリーナは。

「負けて、たまるもんですかッ……！」

聖剣・ヴァルト＝ガリギュラスの柄を握る手に力を込めて、巨獣を睨《にら》む。

出来たのは、それだけだった。

反撃しようとする直前。

再び、光線が襲い来る。

シルフィーはジニーを、イリーナはエルザードを抱え、どうにかこれを回避。

だが、直撃を避けてもなお。

衝撃波は彼女等《かのじょら》の全身を打ち、四方八方へと吹き飛ばした。

「ぐ、う……！」

動けない。

まるで地面に張り付けられたように。

イリーナは、起き上がることさえ、出来なかった。

「負け、て……たまる、か……！」

仰向けの状態で、巨獣を睨む。

「死んで、たまる、か……！」

その言葉を嘲笑《あざわら》うように。
次の瞬間。
光線が、やって来る。
されど——そんな特大の絶望を前にしてもなお。
四人、誰もが、諦めようとはしなかった。
皆、同じ気持ちを抱いている。
皆、同じ男の姿を思い描いている。
アード。
アード・メテオール。
こんなときに、彼が。
彼が、自分達を助けに来ないわけが、ない。

もし巨獣に自我があったとしたなら。
きっと彼女等の思考を嘲笑うだろう。
絶望を前にした人間の哀れな妄想であると、揶揄《やゆ》していただろう。

だが。
そんな、都合のいい妄想を。
そんな、ありえぬ現実を。
実際のものとするがゆえに。

その男は、アード・メテオールなのだ。

イリーナ達が光線によって命を失う、寸前。
煌《きら》めく黄金色の防壁が、彼女等を守った。
いかなる物質、概念をも破壊してきた巨獣の一撃。
なれど。神に遣われし、終焉《しゅうえん》をもたらす者でさえ。
彼の力には及ばない。
そのとき。彼女等は、見た。
天空に走った亀裂を。
そこから舞い降りた、一条の光を。
それはやがて人の形を作り……

美の化身めいた存在へと、変わった。

「――やれやれ。帰還して早々、荒事とは。私もつくづく運がありませんねぇ」

唇の間から漏れ出た声もまた、あまりにも美しい。

彼が何者であるのか、外見だけで判断することは困難であった。

別人のような変化が、そこにはあった。

しかし、それでも。

イリーナは一瞬で理解した。

ジニーは一瞬で感じ取った。

エルザードは一瞬で把握した。

シルフィーは――

「えっ、ヴァル？　なんでヴァルがここに居るのだわ？」

――シルフィーだけは、いつも通りだった。

「いや、君、今まで気付いてなかったの？　嘘《うそ》でしょ？」

「えっ？　何が？」

別々の当惑を見せる両者。
そんな二人を天から見下ろしながら。
男は。
彼は。

——俺は。

久方ぶりの友人達へと、声を送った。
「皆さん。不肖アード・メテオール、ただいま帰還いたしました」
応答の声はない。
シルフィーは唖然《あぜん》とした顔で沈黙。
エルザードは安堵《あんど》したように微笑。
イリーナとジニーは、大粒の涙を流しながら、こちらを見つめている。
……もっと早く帰還出来ていたなら、彼女等を泣かせることもなかったろう。
いや、しかし。
それを我が責任とするには、いささか抵抗がある。

何せ元凶は、俺の不手際《ふてぎわ》ではなく。

リディアの馬鹿がヘマをしやがったからだ。

あの別次元世界は、異世界同士を繋《つな》ぐ通路のようなもの。

よってこの世界以外にも、行き先はそれこそ無限に存在する。

だが、まさか。

「……間違えるか？　送る世界を。あんな、粛然とした場面で」

馬鹿野郎、もといリディアによって送られた世界は、俺が生まれ育ったこの土地ではなかった。

「……はぁぁぁぁぁぁ。思い出しただけで腹が立つ。あのクソ馬鹿、次会ったら対面して早々、殴り倒してくれる」

天空にて悪態をついた……そのとき。

「Laaaaaaaaaaaa」

すぐ近くに居たそれが、なにやら音を放った。

それに対し、イリーナは血相を変えて。

「ア、アードっ！」

気を付けろと、そんな声だったが。

今の俺からしてみると。

「La――」

「五月蝿《うるさ》い」

虫だ。

相手の存在が。

相手の音が。

俺にとっては、虫のそれだった。

ゆえに。

地を這《は》うそれを潰すような感覚で。

俺は、敵方を圧殺した。

重力操作。

敵の全身に掛かる負荷を数万倍へと増幅し、山のような巨体を豆粒サイズへと圧縮する。

そうしてから、イリーナ達のもとへ降り立つと、

「アァアアアアアアアドォオオオオオオオオオオッッ！」

イリーナが、飛びついてきた。

ジニーもそのようにしたかったのだろうが……

「ふむ。足をやられましたか。では」

彼女を再生するついでに、エルザードやシルフィーのダメージも回復した。

「……いや、ちょっと、これ」

「ア、アード君なら、当然、ではあるのですけれど……」

「おや？　どうされました？　鳩《はと》が豆鉄砲を食ったような顔をして」

エルザードは言う。

俺が倒したアレは巨獣と呼ばれる怪物で、その攻撃によって負わされた傷は、魔法、魔道具、いずれの方法を用いても治療出来ぬのだと。

「なのに、どうして？」

「ふむ。おそらく、発動した力の性質が違うのかと」

「力の、性質？」

「ええ。私が先程用いたのは魔法ではありません。超力《サイキック》と称されし、異世界の業です」

「い、異世界の業……!?」

そう。

俺はただ異なる世界に飛ばされ、必死こいて戻ってきたというわけではない。

あちらの世界でもさんざん面倒臭い事件に巻き込まれ続けてきた。

その過程において、俺は新たな業を身に付けたのだ。

結果として今、我が力は以前までとは比にならぬほど高まっている。

……もっとも、それは一つ、マイナスを生み出してもいた。

そのことに関連する質問を、ジニーが口にする。

「と、ところで、アード君？　その、お姿は？」

「あ～、それが、ですね。私としてもアード・メテオールとしての姿で皆さんと再会したかったのですが……強くなりすぎたことが原因、なのか。変装の魔法が機能しなくなりまして。別の姿になっても、数秒ほどで元に戻ってしまうのですよ」

俺という存在は、あまりにも強力な定義になったのだろう。

変装によってそれを捻《ね》じ曲げることは、もはや叶《かな》わない。

ゆえに俺は今後、ヴァルヴァトスの姿で居続けることになるのだが。

「……このような私は、お嫌いでしょうか？」

「いいえッ！　むしろ最ッ高ですわッ！」

鼻血を出しながら叫ぶジニー。

その横で。

シルフィーがジットリとした目で、こちらを睨《にら》みながら。

「……王都に戻ったら、ちゃんと説明してもらうのだわ」

なんというか。来たるべき時が来た、と。そんなところだな。

俺は彼女に首肯を――

返したと、同時に。

「Laaaaaaaaaaaaaaaaa！」

潰したはずの巨獣が復活した。

なぜだか、六体に分裂して。

――されど。

誰一人、不安など見せることはない。

「アード」

「アード君」

「アード・メテオール」

「……今は、アードって呼ぶのだわ」

信頼。

声と眼差《まなざ》しでそれを表明されたなら、返すべき意思は一つしかない。

「安心していただきましょうか。皆さんだけでなく、この世界に住まう人々、全てに」

その足がかりとして、皆に我が姿を焼き付けよう。

イリーナ達、だけではなく。

まだ残っている者達に。

そして――喪《うしな》われた、者達に。

「いかな道理があろうとも、今の私はそれを無視出来る。命の喪失さえも、また」

次の瞬間、巨獣の犠牲となった者、全てが復活した。

「えっ……？　お、俺……？」

「し、死んだ、よな？　間違いなく」

人々の困惑を前に、俺は微笑し、それから。

「では、片付けて参ります」

天へと飛翔《ひしょう》し……イリーナ達を始めとする、多くの人々がこちらを見守る中。

「今の私は《魔王》を超えた存在――さしずめ、《大魔王》といったところでしょうか」

世界を終わらせんとする獣へ、俺は宣言する。

「来るというのなら、どうぞご自由に。そのことごとくを掃討しましょう」

終わらせない。そんなことは、絶対にさせない。

俺はこの世界を守る。

大切な者達が住まう、この世界を。

いずれ、愛する者《リディア》を迎え入れる、この世界を。

「さぁ――どこからでも、かかってきなさい」

微笑と共に。

――俺は新たな戦いへと、身を投じるのだった。

あとがき

無事にアニメが放送されたことで、安堵《あんど》すると共に燃え尽き症候群を発症。

下等妙人《かとうみょうじん》でございます。


作家にとって二作目というのは特別なものではないかと、個人的にはそう考えています。

処女作が成功、ないしは満足のゆく帰結を迎えられたなら、その作家にとっての二作目は祝福すべき次男坊となる一方で。

もし、処女作が満足出来ぬ結果となっていたなら、二作目はその作家にとって這《は》い上《あ》がるためのラスト・チャンスとなる。

後者だった私にとって、本作はまさに救世主も同然でした。

初のコミカライズ。初のアニメ化。

願望に過ぎなかったそれらが現実のものとなったとき、私は初めての感慨を抱きました。

そう……生まれてきてよかった、と。

今後の人生において、これほど特別な作品に巡り会うことは二度とないでしょう。

そんな本作も、この一〇巻目で一区切りとなります。

現在の感情をたとえて言うなら……「リアル卒業式で感じたかったやつ」といったところでしょうか。

離れたくない場所から、羽ばたかねばならない寂しさ。

離れたくない相手と、別離する哀《かな》しみ。

……本当、リアル卒業式で感じたかったわ。「せいせいするぜ、クソが！」とか思いたくなかったわ。

さておき。

卒業したのなら、次があるもので。

本作と同時に新作が刊行されます。

作家にとっての三作目は、運命の分かれ道。

二作目の卒業が作家人生の卒業とイコールで結ばれてしまうのか、否か。

高校デビュー、あるいは大学デビューを飾らんとするシャバ僧の如《ごと》く、痛々しいほどの頑張りを見せたいと思います。

最後に謝辞を。

ここまで長きにわたってイラストを提供してくださった水野早桜《みずのさお》様。感謝の想《おも》いは万の言葉を用いても表しきれません。本当にありがとうございました。

一巻から六巻まで、ずっとお世話になってきた初代担当様。本作がしっかりとした形になったのは、そのご指導あってこそ。本当にありがとうございました。

七巻から現在に至るまでお世話になっている二代目担当様。色々とご迷惑をおかけして申し訳ございません。今後ともなにとぞよろしくお願いいたします。

そして……ここまで読んでくださった読者の皆様へ、無限大の感謝を。

それでは、またどこかで再見してくださることを祈って、筆を置かせていただきます。

下等妙人

お便りはこちらまで
〒一〇二－八一七七
ファンタジア文庫編集部気付
下等妙人（様）宛
水野早桜（様）宛

富士見ファンタジア文庫

史《し》上《じょう》最《さい》強《きょう》の大《だい》魔《ま》王《おう》、村人《むらびと》A《えー》に転生《てんせい》する

10. 大《だい》魔《ま》王《おう》降臨《こうりん》

令和４年５月20日　初版発行

著者――下《か》等《とう》妙《みょう》人《じん》

発行者――青柳昌行

発　行――株式会社KADOKAWA
〒102-8177
東京都千代田区富士見2-13-3
0570-002-301（ナビダイヤル）

印刷所――株式会社暁印刷

製本所――本間製本株式会社

※定価はカバーに表示してあります。
●お問い合わせ
https://www.kadokawa.co.jp/（「お問い合わせ」へお進みください）
※内容によっては、お答えできない場合があります。
※サポートは日本国内のみとさせていただきます。
※Japanese text only

ISBN978-4-04-074392-9 C0193 ◇◇◇

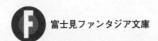

天上優夜《てんじょうゆうや》
異世界で
レベルアップした結果、
最強の身体能力を
手に入れた少年
この少年
すべてが
シリーズ好評発売中！

チートすぎる

異世界でチート能力《スキル》を手にした俺は、現実世界をも無双する

~レベルアップは人生を変えた~

I got a cheat ability in a different world, and became extraordinary even in the real world.

著：美紅
イラスト：桑島黎音

幼い頃から酷い虐めを受けてきた少年が開いたのは『異世界への扉』だった！ 初めて異世界を訪れた者として、チート級の能力を手にした彼は、レベルアップを重ね……最強の身体能力を持った完全無欠な少年へと生まれ変わった！ 彼は、2つの世界を行き来できる扉を通して、現実世界にも旋風を巻き起こし――!? 異世界×現実世界。レベルアップした少年は2つの世界を無双する！

ファンタジア文庫

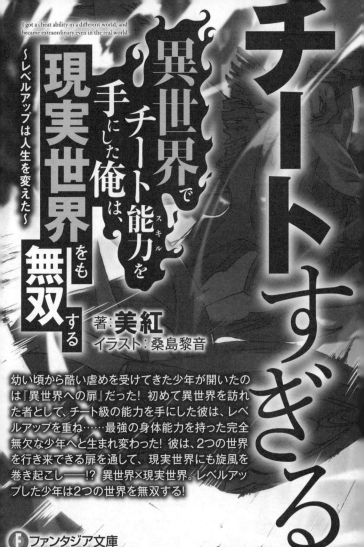

切り拓け！キミだけの王道
ファンタジア大賞
原稿募集中！
賞金
《大賞》300万円
《金賞》50万円
《銀賞》30万円
選考委員
細音啓「キミと僕の最後の戦場、あるいは世界が始まる聖戦」
橘公司「デート・ア・ライブ」
羊太郎「ロクでなし魔術講師と禁忌教典《アカシックレコード》」
ファンタジア文庫編集長
前期締切 8月末日
後期締切 2月末日
公式サイトはこちら！ https://www.fantasiataisho.com/
イラスト／つなこ、猫鍋蒼、三嶋くろね